SONJA BIRGMANN

Punschkrapfen, Kipferl und ein Mord

KRIMINALROMAN

emons:

**Bibliografische Information
der Deutschen Nationalbibliothek**
Die Deutsche Nationalbibliothek verzeichnet
diese Publikation in der Deutschen Nationalbibliografie;
detaillierte bibliografische Daten sind im Internet
über http://dnb.d-nb.de abrufbar.

FSC
www.fsc.org
MIX
Papier aus verantwortungsvollen Quellen
FSC® C083411

Umschlagmotiv: shutterstock.com/MG Drachal/
Rauf Aliyev/wenani
Umschlaggestaltung: Nina Schäfer
Gestaltung Innenteil: César Satz & Grafik GmbH, Köln
Lektorat: Marit Obsen
Druck und Bindung: CPI – Clausen & Bosse, Leck
Printed in Germany 2017
ISBN 978-3-7408-0042-0
Originalausgabe

Für Silvia, die das Buch nach zwei Stunden
durchgelesen haben wird, und für Wolfgang,
dem ich es gern vorlese

Eins

Auf halbem Weg durch ihr Interview machte sich Emma Wolf keine Gedanken mehr darüber, dass Kameras ungefähr fünf Kilo dicker machten. Im Gegenteil, je länger sie über ihre Arbeit plauderte, desto mehr freute sie sich auf die Ausstrahlung von »In 80 Bäckereien um die Welt«. Mit jedem Take wurde sie selbstbewusster und beantwortete entspannt die Fragen des Reporters.

Eine junge Blondine namens Leyla, zuständig für die Kostüme, hatte ihr eine karierte Schürze in Grün und Weiß über ihr ebenso grünes Kleid gebunden. Zu Beginn ihres Fernsehabenteuers hatten sie gemeinsam den Kleiderschrank in Emmas Schlafzimmer durchwühlt, um zu sehen, mit welchen Klamotten sie sich vor der Kamera am wohlsten fühlte, ohne dabei wie ein Trampel oder übertrieben ausstaffiert auszusehen, und schließlich das perfekte Outfit gefunden.

»So kommen deine roten Locken richtig zur Geltung«, hatte Leyla gesagt, als Emma sich prüfend im Spiegel angesehen und eine Pirouette um die eigene Achse gedreht hatte. Sie musste ihr recht geben. Das Kleid war schlicht, rief »Rockabilly!«, und das Blattgrün passte perfekt zu ihrer hellen Haut und dem roten Haarschopf. Nur war es bis jetzt immer zu hübsch gewesen, um es in der Küche anzuziehen. Aber für die Kamera, so fand sie, durfte man sich rausputzen.

An die Anwesenheit des Fernsehteams hatte sich Emma inzwischen gewöhnt, sie war aber nach wie vor überfordert von den vielen Menschen, die seit zwei

Tagen hektisch durch ihre Bäckerei liefen, laut rufend miteinander kommunizierten und ihr beim Backen über die Schulter sahen.

Die vertrauten Gerüche von Zucker, Obst, Zimt, heißem Teig und Gewürzen hatten sich mit denen von tonnenweise Kaffee, Schweiß und stickiger Luft vermischt. Ihre sonst so aufgeräumte Bäckerei mit den sonnengelben Wänden, der dunklen Holztheke und den Regalen mit Kostproben und Produkten war kaum noch wiederzuerkennen. Graue Kabel pflasterten den Boden. Überall hinter der Kamera lagen Müll, Zubehör und technische Geräte, wuselten Menschen und waren Scheinwerfer aufgestellt. Man konnte sich keinen Schritt bewegen, ohne etwas umzuwerfen. Man stolperte, wurde geblendet oder blieb im Müll kleben.

Obwohl es wahnsinnig viel Spaß machte, bei einer Fernsehshow dabei zu sein, freute Emma sich jetzt schon darauf, »Lust & Sahne« wieder für sich zu haben. Noch immer war sie überrascht, dass das deutsche Fernsehteam gerade *ihren* kleinen Laden für die Sondersendung ausgewählt hatte. Allerdings wusste sie nicht so recht, ob sie sich darüber freuen sollte, dass sie nun mit ihrer »Lustbäckerei«, wie das Team den Laden nannte, in die Fernsehgeschichte eingehen würde. Der eigentliche Name »Lust & Sahne« wurde kaum erwähnt. Dennoch, so fand sie, würde das Ganze eine phantastische Werbung sein.

»Okay, Emma, das war fabelhaft«, erklärte Viktoria, die permanent schlecht gelaunte Aufnahmeleiterin, und gestikulierte dabei schon wieder wild in die andere Richtung. Sie genehmigte sich einen Schluck Kaffee aus ihrem Becher, blickte missmutig auf ihr Klemmbrett und bellte die nächsten Befehle durch den kleinen Laden. »Leute, macht euch bereit für die letzte Szene für heute!

Wir sehen Emma beim Backen ihrer … äh … wie nennen Sie die Dinger noch mal, Schätzchen?«

»Punschmöpschen«, antwortete Emma, was den Kameramann zum wiederholten Mal zum Schmunzeln brachte.

»Die Punschmöpschen in zehn Minuten!«, rief Viktoria, ohne eine Miene zu verziehen, ignorierte die endgültige Zerstörung ihrer Frisur durch ein Richtmikrofon, gegen das sie beim Umdrehen knallte, und stöckelte von dannen.

Erschöpft ließ Emma sich auf den einzigen Stuhl in ihrem Laden sinken. Ihre Bäckerei war nicht nur wegen des großartigen Geschmacks der darin zubereiteten Leckereien, sondern vor allem wegen ihrer Nischenprodukte, der erotischen Backwaren, ausgewählt worden. In den letzten Minuten hatte sie Auskünfte über die das Sortiment ergänzenden Köstlichkeiten in den offenen Wandschränken aus dunklem Holz gegeben. Als da wären: eine bunte Sammlung an Pralinen in der Form von männlichen Genitalien und Brüsten, gefüllt mit verschiedenen Likören und Schnäpsen. Karamellsoßen in kurvigen Flaschen mit Spitzenunterwäsche-Dekor, die man von der Haut lecken konnte. Außerdem Keks-Ausstechformen mit muskulösen Konturen, die selbst gebackene Traummänner versprachen, essbare Unterwäsche und so weiter. Einige besonders realistisch aussehende Leckereien aus eigener Herstellung verbargen sich zum Schutz unschuldiger Kinderaugen in schwarzen, mit Stoff bezogenen Boxen. Darauf war in Limettengrün das Logo von »Lust & Sahne« gestickt, ein simples kleines Herz mit dem Namen der Bäckerei.

Emma konnte sich noch genau daran erinnern, wie es gewesen war, als sie beschlossen hatte, das Haus am Stadtrand zu kaufen und daraus sowohl ihre Bäckerei als auch ihren Lebensmittelpunkt zu machen. Die Renovierung hatte ihre gesamten Ersparnisse aufgefressen, war aber jeden Cent wert gewesen. Auch der Kredit, den sie zusätzlich hatte aufnehmen müssen, war nicht ohne. Dennoch bereute sie ihre Entscheidung keine Sekunde lang.

»Da willst du einziehen?«, hatte ihre beste Freundin Melanie besorgt gefragt, als sie damals das erste Mal zusammen vor der Bruchbude standen, die seit Jahren niemand betreten hatte. Emma glücklich und grinsend wie ein Honigkuchenpferd, Melanie eher ratlos. Eingepfercht zwischen einem türkischen Obst- und Gemüsehändler zur linken und einer Second-Hand-Buchhandlung zur rechten Seite, war das heruntergekommene Gebäude als Schandfleck der Nachbarschaft verschrien.

Doch Emma hatte nicht die bröckelnde Fassade, die kaputten Fenster, das undichte Dach oder den nur noch zur Hälfte erhaltenen Balkon gesehen. Ihre Augen hatten ihr ein Bild gemalt von einem Verkaufsraum mit einem großen Glasfenster an der Front, einem knarrenden Holzboden, einem Ausgabefenster für Laufkundschaft, altmodischen Fliesen, einer Theke aus Kirschbaumholz und einer Landhauseinrichtung zum Verlieben. Im hinteren Teil des Hauses hatte sie nicht den verwahrlosten Raum mit abgerissenen Tapeten und veralteter Elektrik gesehen, sondern eine moderne Küche mit sämtlichem Schnickschnack und eine Tür, die zu einem kleinen Kräutergarten führte.

»Und ob ich das will«, hatte sie geantwortet, den Vorschlaghammer in die Hand genommen, ausgeholt und die kaputte Vordertür aus den Angeln geschlagen.

Über ein Jahr hatte die Renovierung des Hauses gedauert. Melanie, die eigentlich in der Nähe von Wien lebte, war so oft wie möglich nach Linz gekommen, um zu helfen. Während Emma eine Frau war, die ohne Zögern im Dreck wühlte und sich gern um das Grobe kümmerte, hatte ihre beste Freundin sich, gemäß ihrem Charakter, den Feinheiten gewidmet.

Melanie war eine kleine, zierliche Person. Ihr sonnenblondes Haar brachte sie in einem modernen Kurzhaarschnitt zur Geltung, dazu kleidete sie sich farbenfroh und stets nach der neuesten Mode. Auf der Baustelle war sie aber immer in Latzhosen erschienen, hatte sich Putzlappen, Farbpinsel und Sonstiges geschnappt und war im oberen Teil des Hauses verschwunden, um für Emma eine schöne Wohnung zu zaubern.

Sosehr sie ihrer Freundin auch für all ihre Hilfe dankbar war, in der letzten Phase der Bauarbeiten hatte Emma sie dann doch ein wenig bremsen müssen. Mit der erfolgreichen Modedesignerin für Baby- und Kinderkleidung gingen gern mal die Pferde durch, wenn sie die Gelegenheit bekam, etwas süß zu dekorieren oder kunstvoll zu verzieren. Und schließlich wollte Emma nicht eines schönen Tages in einer pinken Wohnung mit Kitschmöbeln aufwachen und das Gefühl haben müssen, in der Vagina einer verzauberten Disney-Prinzessin zu wohnen.

»Keine Sorge, meine Liebe.«

Aus ihren Gedanken gerissen, sah Emma verwirrt zu dem älteren Mann auf, der sein Gesicht die meiste Zeit des Tages hinter der Kamera verbarg. Otto Maier war Spezialist auf seinem Gebiet und mit achtundfünfzig der Älteste im Team.

»Nur noch zwei Drehtage, dann ziehen wir weiter nach Italien. Dort unten scheint es eine Trattoria zu geben, in der man Pizza mit Lakritzstangen belegt.«

Emma drückte den Rücken durch, während sie langsam ihren Kopf kreisen ließ, um die Nackenmuskulatur zu entspannen, und stieß einen Seufzer aus. »Ach, Otto, dich werde ich am meisten vermissen. Du bist der Einzige, der hier keinen Stress macht.«

»Und ich werde deine Schaumrollenpenisse vermissen. – Gott, das hört sich ja furchtbar an«, entgegnete Otto und lachte.

Emma nahm das Kompliment schmunzelnd an. Dem Kameramann schien die Dokureihe zu gefallen, denn laut seinen Berichten hatte er schon vier Kilo zugelegt, und das in nur drei Bäckereien auf Sylt, in Berlin und in Kopenhagen. Was Emmas Köstlichkeiten zusätzlich auf die Waage bringen würden, blieb abzuwarten. An ihr und ihren Backkünsten hatte er jedenfalls einen Narren gefressen. Die »Lust & Sahne«-Bäckerei nicht mitgezählt, hatte das Fernsehteam allerdings noch sechsundsiebzig Bäckereien vor sich und Otto schon jetzt Angst um seinen Blutzuckerspiegel.

Er nahm seine Kamera und fuhr damit vom Verkaufsraum nach hinten in die große Küche, wo die letzte Szene des heutigen Tages gedreht werden sollte.

Eine Praktikantin reichte Emma ein Glas Wasser, der Stylist erneuerte das Fernseh-Make-up, und die Kostümbildnerin zupfte noch einmal Emmas Schürze zurecht, ehe Viktorias schrille Stimme alle ans Küchen-Set bat.

Dort füllte der Duft von frischem Orangenpunsch, den Emma für ihre Punschmöpschen verwendete, den Raum. Anders als vorn im Verkaufsraum war die Luft hier hinten nicht stickig, sondern noch genießbar. Trotzdem hatte Emma ein bisschen Angst um ihre Wirkungsstätte, die zwar für eine Person viel zu groß, für knapp zehn aber viel zu klein war. Überall Helfer, Kabel, Scheinwerfer: das absolute Chaos.

Der Orangenpunsch, besonders beliebt im Winter, köchelte seit mehreren Stunden auf kleiner Flamme genüsslich vor sich hin und war nun für die Aufnahme bereit. Der intensive Duft der Orangen und die Aromen von Nelken, Zimt und Blaubeeren vermischten sich mit der kühlen Luft, die im Moment noch in der Küche herrschte. Schon jetzt konnte Emma aber die brennende Hitze der Scheinwerferlampen in ihrem Nacken spüren.

Sie nahm ihren Platz hinter der Küchentheke ein und schlüpfte unauffällig aus ihren cremefarbenen Stöckelschuhen. Sie konnte keinen Schritt mehr in den Mördertretern laufen, in der letzten Szene waren ihre Beine aber Gott sei Dank nicht zu sehen. Ein tiefer Atemzug, um die Ruhe vor dem Sturm zu genießen, und Emma war kampf- und kamerabereit. Das Backen und die Kamera machten ihr dabei keine Sorgen. Eher schon ihr Interviewpartner, von dem am Set im Moment noch nichts zu sehen oder zu hören war.

Nur noch ein paar Aufnahmen, dachte sie im Stillen und wünschte sich die Kraft, während der Dreharbeiten nicht die Geduld zu verlieren und dem unausstehlichen Moderator vor laufender Kamera in einem Anfall von Wut die Nase zu brechen. Nachdem Benedikt Diebenkorn sich bereits bei ihrem ersten Treffen arrogant und exzentrisch gegeben und seine Attitüde sich nicht gebessert hatte, fiel es ihr schwer, ihm gegenüber freundlich zu bleiben. Ihre Nerven wurden in der Nähe des Mannes mehr und mehr strapaziert.

»Wo zum Teufel ist Benedikt?«, rief Viktoria ungehalten. »Er war doch gerade noch da. BENEDIKT!«

Die Hintertür, die aus der Küche in Emmas Garten führte, schwang auf. Die Türschnalle knallte krachend gegen die Wand und hinterließ eine bröckelnde Delle, die Emmas Geduldsfaden weiter spannte und beinahe das Fass zum Überlaufen brachte. Wie konnte der Typ es wagen!

Benedikt Diebenkorn schleuderte den Stummel einer Zigarette nach draußen und blies seinen ekelhaften Rauch in die wohlig duftende Küche. Emma hätte ihm am liebsten den Hals umgedreht.

»Ja, ja, ich komm ja schon. Kann man hier nicht mal in Ruhe eine rauchen?«

Benedikt war das Gesicht der Sendung, der »sympathische«, gut aussehende Reporter. Für Emma sah er aus wie ein italienisches Unterwäschemodel. Sein Äußeres wirkte engelsgleich, aber sein Inneres war unerträglich. Sein braunes Haar war gestriegelt wie das Fell eines Zuchthengstes, das hellblaue Jackett saß wie angegossen über seinen breiten Schultern und muskulösen Armen, und sein Lächeln blitzte so hell, dass jede Zahnfee vor Begeisterung in Ohnmacht gefallen wäre. Nur hinter der Kamera, da, wo die Musik des Lebens spielte, verhielt sich dieser Mr. Perfect wie der letzte Arsch.

Leyla, das Kostümmädchen, ging zu ihm, um seine Fliege zu richten, die er für seine Rauchpause gelöst hatte. Er bedachte sie mit einem kecken Lächeln, aber sein Blick war kalt. In den letzten Tagen hatte er in einer Minute schamlos mit ihr geflirtet, nur um sie im nächsten Moment brüsk von sich wegzuscheuchen.

Auch jetzt schob er sie achtlos beiseite, kaum dass sie ihm die Fliege gebunden hatte. Die junge Frau trollte sich wie ein Kätzchen, das man gerade nass gespritzt hatte, und schien Tränen zurückzuhalten. Ob sie beim Sender fest angestellt war? Musste sie etwa jeden Tag mit den Schimpftiraden und dem unmöglichen Benehmen dieses Mannes leben?

Der Stylist wollte Benedikts Make-up erneuern, wurde aber mit einer ungeduldigen Handbewegung weggeschickt. Benedikt schien zu wissen, dass er perfekt aussah, und wollte den Dreh offenbar schnell hinter sich bringen.

Er setzte sein bestes Fernsehlächeln auf und ging zu Emma, um die letzte Szene des Tages anzugehen. »Versauen Sie es diesmal nicht, ja? Ich hab noch eine Verabredung und kann es mir nicht leisten, zu spät zu kommen«, raunte er ihr schlecht gelaunt ins Ohr und schnupperte mit angewidertem Gesichtsausdruck in Richtung Orangenpunsch. Dass er die Luft mit seinem Zigarettendunst verpestete, schien ihm nicht in den Sinn zu kommen.

»Alle bereit? Ruhe bitte. Und … Aufnahme läuft in drei …« Viktoria zählte die letzten beiden Zahlen des Countdowns mit den Fingern ab und gab dann ihrem Reporter das »Go«-Signal.

»Wir haben in den letzten Tagen Emma Wolf bei – Moment, nein, ich fang noch mal an. Der Scheiß-Dampf aus dem Topf ist mir im Weg. Kann man das ausmachen?«

Emma stellte seufzend die Herdplatte ab und hob den Deckel, um den Dampf entweichen zu lassen. Ein anerkennendes »Mhhhh« war in der Küche zu hören, welches Benedikt wenig zu beeindrucken schien. Nach ein paar Sekunden Wartezeit beschloss er, dass es weitergehen konnte, und Viktoria gab erneut das Signal.

»Wir haben in den letzten Tagen Emma Wolf bei ihrer interessanten Arbeit in ihrer erotischen Bäckerei beobachtet. Und nun dürfen wir sogar bei der Herstellung ihres Kassenschlagers dabei sein.«

Würde man den Honig, den Benedikt dem Publikum ums Maul schmierte, zum Backen verwenden, könnte man wenigstens ein Dutzend Honigkuchen machen.

»Emma, würden Sie uns erklären, was Sie heute für uns backen werden?«

»Ich werde heute meine Punschmöpschen für Sie zubereiten«, entgegnete Emma und zwinkerte der Kamera, also Otto, spielerisch zu. Der hob im Off den Daumen. »Das sind Punschkrapfen in der Form von weiblichen Brüsten.«

»Interessant«, antwortete Benedikt. »Könnten Sie unseren Zuschauern vielleicht erklären, was Punschkrapfen sind? Da wir in achtzig Bäckereien um die Welt reisen, kann ich mir gut vorstellen, dass nicht jeder diese Backware kennt.«

Das war Emmas Stichwort, unter die Theke zu greifen und einen vorbereiteten Teller hervorzuholen.

»Wir Österreicher sagen, wenn wir unter uns sind, eigentlich ›Punschkrapferl‹, aber dieses Törtchen ist auch bei anderen mittlerweile sehr beliebt und daher besser bekannt unter der hochdeutschen Bezeichnung ›Punschkrapfen‹.« Emma stellte den Teller auf der Theke ab und drehte ihn so, dass Otto eine schöne Aufnahme machen konnte. »Ich habe schon mal ein Paar Punschmöpschen vorbereitet, um den Zuschauern zeigen zu können, worum es sich handelt.«

Auf dem geblümten Teller – Otto hatte die Kamera geschultert und zeigte nun die Kalorienbomben in Großaufnahme – war ein Paar runder rosaroter Kuchenbrüste mit Marzipannippeln zu erkennen. Emma nahm ein Messer zur Hand und teilte eines der Brüstchen, um das Innere zu zeigen. Tropfen von Marillenmarmelade blieben am Messer kleben. Hinter der Kamera knurrte ein Magen. Der Geruch des Orangenpunschs, der in den Teig eingearbeitet worden war, wurde durch das Aufschneiden noch einmal kräftiger.

»Das Rezept für die Punschkrapfen ist typisch österreichisch. Sie werden aus einem Biskuitteig hergestellt, in dem entweder Rum enthalten ist oder Punsch, und sind mit Marillenmarmelade gefüllt«, erklärte sie und teilte das Küchlein ein zweites Mal, um Otto eine bessere Detailaufnahme zu ermöglichen.

Als Nächstes präsentierte Emma die vorbereiteten Zutaten und begann mit der Zubereitung. Nach drei Durchläufen aus verschiedenen Kameraperspektiven war die Szene im Kasten.

Emma hatte Benedikt vorgeführt, wie sie ihren Biskuitteig und den Orangenpunsch herstellte, wie sie die Marmelade für die Füllung kochte und wie sie die zähflüssige rosarote Zuckermasse verarbeitete, die die Punschbrüste umhüllte.

»Das Formen der Marzipannippel ist anstrengende Detailarbeit«, erklärte sie zum Schluss. »Aber es ist gerade diese Detailarbeit, die besonders viel Spaß macht.«

»Und Cut!«, rief Viktoria. »Okay, Leute, das war's für heute. Morgen um Punkt acht machen wir zunächst mit den letzten beiden Szenen hier in der Küche weiter, bevor es noch mal nach draußen geht. Also keine Saufgelage heute Abend. Und stopft euch nicht mit Frau Wolfs Punschmöpschen voll, ich brauche euch nüchtern!«, ordnete sie an und biss selbst genüsslich von einer der Kreationen ab.

Benedikt ging ohne ein Wort der Verabschiedung in den Garten hinter dem Haus, wahrscheinlich, um weiterzupaffen, während alle anderen auf einmal wieder geschäftig durch den Raum wuselten. Emma schnürte erleichtert ihre Schürze auf und reichte sie der Kostümdame, die nervös zu einem gut aussehenden Mann mit blonden Haaren, Bart und grünen Augen sah, der in der Tür lehnte und die letzte Szene beobachtet hatte.

»Emma, wer ist das? Hast du noch eine Verabredung?«

Die zierliche Leyla – sie trug ein geblümtes Kleid und blonde Engelslöckchen – wurde sofort rot wie eine

Tomate, als sie bemerkte, dass der Mann zu ihnen herübersah und ihr zuzwinkerte.

Emma lachte. »Das ist mein Bruder Hendrik. Keine Angst, er beißt nicht.«

»Dein Bruder?« Sie faltete die Schürze vorsichtig. »Ihr seht euch gar nicht ähnlich.«

Das stimmte. Während Hendrik aussah wie ein in Jeans und Lederjacke gekleideter Wikingerriese, war sie eine kurvige, sommersprossige, mittelgroße Person mit bleicher Haut und feuerroten Haaren. Fünf Jahre und zwei Länder trennten die beiden, und trotzdem fühlte Emma sich bei niemandem sicherer als bei ihrem Bruder.

»Das passiert, wenn man verschiedene Väter hat«, erklärte Emma.

Hendrik hatte seinen Vater nie kennengelernt. Ihre Mutter Marla war nach einer Urlaubsromanze in Schweden ahnungslos nach Österreich zurückgekehrt. Jegliche Versuche, den Vater von Hendrik ausfindig zu machen, nachdem sie erfahren hatte, dass sie schwanger war, waren ohne Ergebnis geblieben, sie hatte außer seinem Vornamen und der Stadt, aus der er stammte, kaum etwas über ihn gewusst.

Emma hatte ihren Vater zwar kennengelernt, hätte aber gut und gern auf diese Bekanntschaft verzichten können. Ihr Erzeuger saß irgendwo am anderen Ende Österreichs wegen schweren Diebstahls im Gefängnis und war es nicht wert, dass man sich um ihn sorgte. Sie hatte nur wenige schöne Erinnerungen an ihn und verband mit ihm eher ein Gefühl der Verwirrung und Vernachlässigung. Verwirrung, da sie nicht gewusst hatte, warum die Polizisten ihren Papa mitten in der Nacht abholten, als sie sechs war. Vernachlässigung wegen vieler Momente davor, in denen er kein Interesse an seiner Tochter oder seinem Stiefsohn gehabt hatte.

Hendrik schloss Emma in die Arme und schnappte sich dabei unauffällig eine Punschbrust von dem Blech, das sie für den Dreh gebacken und vor der Kamera verziert hatte. »Du warst phantastisch, Schwesterherz«, sagte er mit vollem Mund und krümelte sein T-Shirt voll.

Leyla war vor der Testosteronwelle, die auf sie zugerollt war, geflohen und sammelte seufzend Benedikts Jackett, das er unachtsam hatte fallen lassen, vom Boden auf.

»Du hast die Arme erschreckt mit deinem Holzfällerauftreten«, tadelte Emma ihn und sah auf die Uhr. »Oje, so spät schon? Wir wollten vor einer Stunde losfahren.«

Hendrik zuckte mit den Schultern. »Das passiert einem schon mal als Fernsehstar«, witzelte er und erntete dafür einen Schlag auf seine muskulöse Schulter. »Das Abendessen wird uns nicht davonlaufen. Aber ich schlage vor, du ziehst dich um. Du weißt, was passiert, wenn du hungrig bist und feine Klamotten anhast.«

Emma hasste es, ihrem Bruder recht geben zu müssen, aber die vielen Flecken von Soßen, Dressings und Säften auf ihren diversen Kleidern waren Beweis genug für ihre Tollpatschigkeit. Zum Glück hatte sie es nicht weit zu ihrer Wohnung.

Sie verließ die Küche, bog kurz vor dem Verkaufsraum links ab und stieg die alte hölzerne Treppe hoch, die in den ersten Stock führte und bei jedem Schritt gefährlich knarzte. Ursprünglich war geplant gewesen, eine neue Treppe einzubauen, aber Emma hatte sich bei den Bauarbeiten so sehr an das Geräusch gewöhnt und sich in den Altbau-Charme verliebt, dass sie das Vorhaben wieder verworfen hatte.

Hinter der schweren Wohnungstür aus Eiche befand sich ein großes, einladendes Wohnzimmer, das durchquert werden musste, um zum Schlafzimmer zu gelangen. Da sie für ihren Beruf noch vor den Hühnern aufstehen musste, war jede Minute, die sie auf ihrem Weg zur Arbeit sparte, Gold wert. Barfuß spürte sie im Wohnzimmer abwechselnd den Holzboden und einen kuscheligen Teppich unter ihren Sohlen, dann den im Schlafzimmer neu verlegten Parkettboden und schließlich noch kurz die kühlen Fliesen im Bad. Eine locker sitzende Jeans, ein T-Shirt und eine Bluse später trottete sie zurück, die Treppe hinunter, und schlüpfte, unten angekommen, in bequemes Schuhwerk.

Hendrik wartete vor dem Laden auf sie. Die TV-Truppe hatte alles stehen und liegen lassen und war durch den Garten getürmt, um den späten Feierabend zu genießen.

»Müssen wir Mama noch abholen?«, fragte Emma ohne große Hoffnung, zog die Tür hinter sich zu und sperrte den Laden ab. Am liebsten hätte sie die Tür weit aufgerissen, um die stickige Luft entweichen zu lassen. Zu ihrer Überraschung nickte Hendrik. Ihre Mutter beim monatlichen Familienessen dabeizuhaben, war eine Seltenheit, auf die Emma sich nun riesig freute. Auch wenn Marla Wolf aufgrund ihres Charakters sehr schnell sehr anstrengend sein konnte.

Hendrik hatte direkt vor dem Haus geparkt. Emma ließ sich im nagelneuen BMW ihres Bruders auf den Beifahrersitz fallen und pfiff anerkennend. »Zahlt die Mordkommission so gut, dass du dir so eine Karosse leisten kannst? Ich hab mir wirklich den falschen Beruf ausgesucht.«

Hendrik nahm hinter dem Steuer Platz und lachte grunzend. »Mein Wagen ist in der Werkstatt, das ist ein Leihwagen.«

»Ein piekfeiner BMW als Leihwagen?«, fragte Emma neugierig.

»Mein Polizeiausweis scheint sie wohl dazu gebracht zu haben. Anschnallen, das Ding hat mächtig Stoff unter der Haube.«

Hendrik trat auf die Tube, und Emma klammerte sich an ihren Sitz. Der Abend versprach rasant zu werden.

♥

»Ich bin dagegen.«

Weder Emma noch Hendrik hielten Marla Wolf für eine Vorzeigemutter. Das bedeutete nicht, dass Emma die Frau nicht bedingungslos liebte, sie wünschte sich nur manchmal, Marla würde es ihr weniger schwer machen.

Die Stimmung beim Abendessen war eisig, und Emma hatte sich innerlich bereits auf ein Streitgespräch mit ihrer Mutter eingestellt – leider nicht das erste und sicher auch nicht das letzte in ihrem Leben.

»Aber natürlich bist du dagegen«, entgegnete sie daher sarkastisch und zwickte mit ihren Essstäbchen ein Stück Ente aus ihrem Gericht heraus.

Marla Wolf war eine Frau, die von der Meinung anderer wenig hielt, wenn es um sie ging, dafür aber sehr darauf achtete, was die Gesellschaft über ihre Kinder dachte. Ihre Locken hatte sie an Emma vererbt, allerdings waren ihre braun und etwas krauser.

»Es ist schon schlimm genug, dass du nicht auf mich gehört hast, als es um die Entscheidung für deine Sexbackerei ging.«

Die Ente entglitt den Stäbchen, als Emma intuitiv die Hand zur Faust ballte. Sexbackerei. Mal davon abgesehen, dass das Wort gar nicht existierte, hasste sie es, wenn ihre Mutter ihren Beruf so abwertete.

»Mama –«, hob Hendrik an, doch Marla ignorierte ihn.

»Jetzt willst du auch noch der ganzen Welt unter die Nase reiben, was du so machst? Mit dieser Einstellung wirst du nie einen Mann abkriegen, Emma.«

Wieder einmal war der kritische Punkt erreicht. Hendriks Gesicht verlor an Farbe, und er starrte betreten auf seinen Teller mit Sushi.

Das Thema Mann hatte für Emma eigentlich nie auf der Prioritätenliste gestanden. Ja, sie hätte gern einen Partner, aber nein, sie hatte es nicht eilig damit. Und schon gar nicht wollte sie exzessiv nach einem suchen. Ihre Mutter, die technisch gesehen ja immer noch mit ihrem im Gefängnis sitzenden Vater verheiratet war, war ihrem Lebensstil treu geblieben und traf sich immer noch häufig mit Männern. Mit etwas zu vielen, wie Emma fand.

»Fang nicht wieder damit an, Mama. Du weißt, was beim letzten Mal passiert ist. Und ich will dir nicht schon wieder Gemeinheiten an den Kopf werfen«, sagte Emma frustriert.

»Ach, du meinst so Sachen wie ›Wenigstens kenne ich die Namen der Männer, mit denen ich schlafe‹ oder ›Immerhin lasse ich mich nicht von einer Urlaubsromanze schwängern‹?«

Emma schwieg.

»Ich habe in meinem Leben ein paar Fehler gemacht. Aber, meine Lieben, wenn ich diese Fehler nicht gemacht hätte, würden wir drei heute nicht hier sitzen und schlechtes chinesisches Essen in uns hineinschaufeln.«

Das konnte Emma auf keinen Fall abstreiten, also entschied sie sich für eine Strategie, die meistens funktionierte: Sie ratterte ihre Liste an Argumenten herunter.

»Mama, ich sag es dir noch einmal: Ich hab dich lieb. Aber ich mag meinen Beruf, und zwar so, wie ich ihn mache. Nur weil ich zurzeit keinen Mann habe, heißt das nicht, dass ich allein sterben werde. Und zum hundertsten Mal: Nein, ich bin nicht lesbisch, und Melanie und ich sind kein Paar.«

Marla machte ein Gesicht, als hätte sie auf Granit gebissen, und verkniff sich eine Antwort. Sie mochte es nicht, sich auf öffentlichem Terrain mit ihren Kindern zu streiten, das war ihr peinlich. Ein Umstand, der Emma zum Vorteil gereichte, da sie so keine Angst haben musste, dass die Situation eskalierte.

»Ich sage ja nur, dass ich die Geschichte mit dem Fernsehen nicht gut finde. Was, wenn sie dich als Freak darstellen?«

»Das werden sie nicht.«

»Aber –«

»Mama, lass es gut sein. Wir wollen in Ruhe essen«, schaltete Hendrik sich nun doch noch ein. Mit einer Bemerkung über Marlas Ohrringe schaffte er es tatsächlich, die Frau vom Thema abzubringen. Er war nicht umsonst ihr Vorzeigesohn, mit dem sie bei ihren Freundinnen angab.

Marla kleidete sich gern glitzernd. Es gab kaum ein Outfit, bei dem nicht etwas auffällig glänzte oder funkelte. Bling-Bling musste sein. Heute war sie zu Emmas Freude eher dezent gekleidet, sie trug goldene Leggings zu einem überraschend schlichten schwarzen Pullover und großen goldenen Ohrringen. Selbst das Parfüm, von dem sie gern eine Note zu viel auflegte, war heute beinahe unaufdringlich zu nennen.

Der Rest des Abends war für Emma dann doch noch ganz angenehm. Es passierte nicht oft, dass ihre Mutter mit zum Essen ging, und Meinungsverschiedenheiten waren dann an der Tagesordnung, trotzdem hätte Emma ihre Mutter um nichts in der Welt hergeben wollen. Denn bei all den Unterschieden, die die beiden trennten, fielen Emma in Zeiten des Streits auch immer wieder die Dinge ein, die sie an Marla Wolf bewunderte. Zum Beispiel die Tatsache, dass sie nach der Verhaftung ihres Mannes zwei Kinder allein großgezogen hatte. Oder dass sie sich nie unterkriegen ließ und stets versuchte, das Leben in vollen Zügen zu genießen.

Oft dachte Emma in den nächsten Wochen an diesen Abend zurück und wünschte sich insgeheim, dass sie dieses eine Mal auf ihre Mutter gehört hätte.

Zwei

Kinder lieben Süßigkeiten. Und Erwachsene auch. Sie lieben Kuchen, Muffins, Waffeln, Karamell, Schokolade, Eiscreme, Donuts – einfach alles, woraus ein talentierter Bäcker leckeres Teufelszeug zaubern kann, das sich für immer und ewig an den Hüften festsetzt.

Als Emma ihre Bäckerei konzipiert hatte, war dabei natürlich auch ihre Laufkundschaft von ihr berücksichtigt worden. Für Kunden, die wenig Zeit hatten, errichtete sie eine kleine Theke mit Ausgabefenster, hinter der eine große Auswahl an zuckerbeladenen Leckereien bereitstand sowie frisches Brot und Gebäck am Morgen. Mittlerweile wurde das Ausgabefenster aber fast nur noch von Kindern genutzt.

In ihren Laden durften Kinder nämlich gar nicht rein. Okay, grundsätzlich durften sie schon, aber Emma hatte wenig Lust zu erklären, warum in ihrer Auslage Spritzgebäck in Form von männlichen Genitalien oder Kuchentorsos mit Zuckerunterwäsche lagen. Nicht alle ihre Waren konnte sie in schwarzen Stoffboxen verstecken.

Eigentlich hatte Emma vorgehabt, eine ganz normale Bäckerei zu eröffnen. Das erwies sich bei den vielen Starbucks-Läden und To-go-Backständen, die in den letzten Jahren aus dem Nichts aufgetaucht waren wie Kiffer bei einem Open-Air-Konzert, jedoch als schwierig. (Besagte Kiffer gehörten eigenartigerweise zu ihren besten Kunden, weshalb sie Open-Air-Konzerte und den gelegentlichen Konsum von Marihuana als durchaus positiv fürs Geschäft verbuchte.) Damit Emmas neu eröffnetes Geschäft aber nicht den Bach runterging, hatte sie sich etwas einfallen lassen müssen, um eine Stammkundschaft aufzubauen. Der Second-Hand-Buchladen nebenan war eine Anlaufstelle für Sammler und Leseratten aller Art, die meist mit einem bestimmten Ziel den Laden betraten und dann vollgepackt mit neuen Schätzen wieder nach Hause gingen. Da war leider nicht mehr viel Platz für Gebäck in den Taschen. Auf der anderen Seite war es beinahe das Gleiche. Ihr türkischer Nachbar konnte sich vor Kunden kaum retten, die oft täglich frisches Obst und Gemüse bei ihm kauften. Dementsprechend waren deren Taschen ebenfalls rappelvoll beim Verlassen des Ladens. Wie also Aufmerksamkeit erregen? Wie eine Stammkundschaft aufbauen? Auf die Zuckersucht der Leute allein konnte Emma sich nicht verlassen. Es musste etwas geboten werden, das niemand sonst in ihrem Umfeld bieten konnte.

Auf das erotische Backen war sie dennoch eher durch Zufall gekommen: Die Hochzeit eines guten Freundes hatte angestanden, und zu seinem Junggesellenabschied hatte dieser seinen Kumpels als Gag unbedingt einen Kuchen in Penisform kredenzen wollen. Mit Schaumrollenfüllung.

Emma hatte ihr Bestes gegeben und war überrascht gewesen, wie viel Spaß es ihr machte. Einen Kuchen als Penis zu drapieren, war weniger kompliziert als gedacht. Und an Ideen für weitere Produkte dieser Art mangelte es nicht. Sie hatte eine Marktnische für sich entdeckt.

Sie begann damit, Kuchentorsos zu entwerfen, die sie entweder mit farbiger Zuckerglasur und Creme versehen konnte, um Negligés und Unterwäsche daraus zu basteln, oder die sie in der männlichen Form mit Schokoglasur-Sixpacks bemalte. Nach und nach erweiterte sie das Kuchensortiment um weitere Köstlichkeiten und kleinere Kuchen wie die Punschmöpschen oder Penis-Cake-Pops.

Ihre Website wurde designt, ein spezieller Katalog mit erotischen Backwaren erstellt, und Emma bewarb ihren Service bei Firmen, die Sexspielzeugpartys und Junggesellenabschiede veranstalteten. Bald konnte sie sich vor Bestellungen kaum retten. Ihr Posteingang explodierte, und Emma hatte Mühe, alle Anfragen und Einladungen zu beantworten.

Um keinen 18+-Filter an ihre Ladentür kleben zu müssen, hatte sie es so eingerichtet, dass die Kinder am Ausgabefenster bestellten, das auf die Straße hinausführte, während Kunden mit besonderen Wünschen durch die Tür kamen. Trotzdem hatte sie ein paar Monate später ein Warnschild an die Tür heften müssen, nachdem eine völlig überforderte Mutter mit ihren Drillingen, die allesamt nach Zucker verlangten, in den Laden gestürmt war. Die drei Erstklässler hatten ihre Nasen an den Scheiben der Kuchenauslage platt gedrückt und waren, nachdem Emma sie mit nicht erotischen Schaumrollen versorgt hatte, nach draußen gegangen und hatten die soeben gelernten Wörter »Penis« und »Möpschen« lauthals die Straße rauf- und runtergebrüllt.

Den Verkaufszahlen tat das allerdings keinen Abbruch. Nach drei Jahren im Geschäft hatte sich der Name ihrer »Lustbäckerei« in ganz Österreich herumgesprochen und war anscheinend auch den Fernsehredakteuren in Deutschland zu Ohren gekommen.

Nun freute Emma sich über die Chance, ihre Kreationen schon bald mit dem gesamten deutschsprachigen Raum zu teilen.

♥

Als Emma am nächsten Morgen nach unten ging, um der Filmcrew die Tür zu öffnen, sah sie dem heutigen Drehtag in guter Stimmung entgegen.

Vor dem Eingang warteten schon beinahe alle. Viktoria sah wie immer gestresst aus und stöckelte mit fahrigem Blick und einem gemurmelten »Morgen« an ihr vorbei in die Küche. Otto war deutlich entspannter, Leyla hingegen sah blass aus, und der Stylist vermittelte den Eindruck, als hätte er in der Nacht zuvor zu viel getrunken. Die Sonne brach durch die Wolken und begann, die Tautropfen auf den Blumen an den Balkonen entlang der Straße zum Glitzern zu bringen.

»Was filmen wir denn heute, Liebes?« Otto stellte seine schwere Kameratasche ab, schnupperte kurz und schien enttäuscht. Diesmal begrüßten ihn keine Düfte von frisch gebackenen Küchlein der erotischen Art.

»Heute geht's etwas weniger erotisch zu, Otto. Wusstest du, dass ich auch eine mütterliche Seite habe?«, neckte Emma ihn und ließ sich von Leyla, die diesmal ein blaues Kleid mit Rosenprint trug, in ihre Schürze helfen.

»Ach ja?«

»Heute gibt's Babykuchen.«

Von der Crew erntete sie teils leere, teils vorsichtig neugierige Blicke.

»Das mache ich erst seit einem Jahr. Die Idee kommt aus Amerika und ist total süß. Werdende Mütter können sich, sobald das Geschlecht ihres Babys feststeht, die Testergebnisse geben lassen. Anstatt sie anzusehen, bringen sie mir die Umschläge.«

Während Emma weitererklärte, folgten sie und Otto den anderen in die Küche.

Viktoria schien den Inhalt des Kühlschranks mitsamt den Fächern aus dem großen Gerät entfernt zu haben, inklusive der Babytorte. Alles stand wild durcheinander auf der Anrichte. Außerdem war die Tür zum Garten geöffnet, wahrscheinlich, um die stickige Luft vom gestrigen Abend entweichen zu lassen.

Emma nahm den Teller mit der Babytorte und hielt ihn vor ihre Brust. »Von außen kann man nicht sehen, welche Farbe das Teiginnere hat. Die Glasur ist mintgrün. Bei der Babyparty wird die Torte dann angeschnitten. Wenn der Kuchen innen blau ist, bekommt die Mutter einen Jungen. Wenn er rosa ist, wird es ein Mädchen.«

Otto war von der Idee sichtlich begeistert. »Also, das find ich ja mal nett. Das muss ich meiner Tochter vorschlagen.«

»Ist sie denn schwanger?«, fragte Emma und stellte sich eine fröhliche und nette Person vor, so wie Otto.

Der schüttelte den Kopf. »Ich hoffe nicht, sie ist gerade mal fünfzehn. Aber bei den Teenagern heutzutage weiß man ja nie.«

Emma lachte, stellte den Kuchen zurück auf den Tisch und hoffte für Otto, dass er noch eine Weile ohne Babytorte auskommen würde. Sie erzählte weiter von ihrem Angebot an Hochzeitstorten, der Herstellung von Marzipanrosen, Cupcakes in Herzform – im Sortiment hatte sie alles, was das romantische Herz begehrte. Es musste nicht immer nur um Sex gehen.

Viktorias schrille Stimme und ihr hektisches Herumgerenne kündigten sie der Crew an, noch ehe sie die Küche betrat. Ihre Stöckelschuhe klapperten auf den Terrakottafliesen, als hätte sie Storchenschnäbel an den Fußsohlen. Sie fuchtelte mit dem Klemmbrett in der Luft herum, als wäre es eine Waffe. »Hat jemand von euch Benedikt gesehen? Er ist schon wieder zu spät. Ich schwöre euch, er raubt mir noch den letzten Nerv.«

Ein simultanes Kopfschütteln ging durch den Raum.

»Ich werde ihn mal anrufen«, erklärte sich Leyla bereit und zückte ihr Telefon.

»Viktoria. Wollen Sie, dass Otto Detailaufnahmen vom Kühlschrankinhalt macht?«, erkundigte sich Emma unterdessen bei der Aufnahmeleiterin. »Wenn die Sachen nicht bald wieder gekühlt werden, muss ich sie wegwerfen.«

»Wieso?« Eine Ader an Viktorias Schläfe pochte und zeichnete sich durch die Haut ab.

»Haben Sie meinen Kühlschrankinhalt denn nicht deswegen hier auf dem Tisch verteilt?« Emma wies auf die Milchkartons, vorbereiteten Zuckergüsse, Eier und Sahnebecher.

Viktoria verzog das Gesicht. »Also, ich war das nicht. Leute, wer von euch hat diesen Saustall verursacht? Wir haben keine Zeit für solche Spielereien. Wir haben eine verfluchte DEADLINE!«

In diesem Moment ertönte das Klingeln eines Handys.

»... sweet talkin' sugar coated candymaaaaan ...«

Alle Blicke richteten sich auf die Flügeltüren des großen Kühlschranks, aus dessen rechter Hälfte dumpf Christina Aguileras »Candyman«-Song drang.

»Kein Wunder, dass Benedikt noch nicht da ist. Wer von euch Scherzkeksen hat sein Handy geklaut und es in den Kühlschrank gelegt? Ihr macht mich fertig. Wollt ihr wirklich, dass ich sage, ›So kann ich nicht arbeiten‹? Ihr wisst, was passiert, wenn ich sage, ›So kann ich nicht arbeiten‹!«

Emma ging zum Wasserkocher, um der Aufnahmeleiterin einen Tee zu brauen. Wenn sie sich nicht bald beruhigte, würden ihr noch die Sicherungen durchbrennen.

Otto stellte seine Kamera auf der Arbeitsplatte ab und öffnete schwungvoll die Kühlschranktür. Sekunden später krachte Mr. Candyman himself, Benedikt Diebenkorn, gut durchgekühlt und mit Zuckerguss überzogen auf den kalten Fliesenboden der Küche. Leylas Schrei zerriss die Stille des warmen Frühlingsmorgens; Emma ließ prompt den Wasserkocher fallen.

Und das Handy des Moderators dudelte weiter vor sich hin.

Drei

»Ich würde Ihnen ja etwas zu essen anbieten, aber meine Küche ist kontaminiert.« Emma hatte beschlossen, sich in die Maisonne zu setzen und es sich gut gehen zu lassen. Sie war aus der Küche in den Garten gegangen, hatte ihre Liege geholt, sie in die Sonne gestellt und sich hingelegt. Für heute hatte sie wirklich genug Action gehabt. Die Polizei anrufen, Leyla beruhigen, versuchen, nicht in Panik zu geraten, Viktoria sagen, dass sie die Klappe halten soll – es war beinahe so, als hätte sie nach dem Leichenfund als Einzige die Nerven behalten.

Als die Polizei endlich bei der Bäckerei eingetroffen war, hatte man sie und die Crew nach draußen geschickt, um den Tatort sichern zu können. Man hatte die Straße vor ihrem Laden abgesperrt, und der Notarzt war eingetroffen – mit einiger Verspätung wegen einer Geburt, für die Emma ironischerweise drei Monate zuvor einen Babykuchen gebacken hatte.

Nun, da das erste Chaos vorbei war, begann die eigentliche Polizeiarbeit: herauszufinden, wer Benedikt um die Ecke gebracht beziehungsweise in den Kühlschrank befördert hatte. Und da Emma die Besitzerin des besagten Kühlschranks war, stand ihr der Kommissar, der zu ihr gekommen war, allem Anschein nach eher skeptisch gegenüber.

»Das ist kein Problem«, erklärte der ältere, aber erstaunlich fitte Mann, der sich einen Gartenstuhl mitgebracht hatte und sich nun neben ihr in der Sonne niederließ.

»Darf Hendrik denn überhaupt an dem Fall mitarbeiten?«, erkundigte sich Emma, bevor er mit seiner Befragung beginnen konnte.

»Ach ja, Sie sind seine Schwester«, entgegnete er so, als hätte er diese sehr wichtige Tatsache kurzzeitig vergessen. »Solange er Sie nicht befragt und nicht allein an diesem Fall arbeitet, ist es erlaubt. Er spricht gerade mit der Aufnahmeleiterin des Fernsehteams.«

»Hat sich jemand um Leyla gekümmert?«, fragte sie neugierig.

»Sie meinen die junge Dame im Kleid? Die sitzt hinten im Krankenwagen und bekommt Sauerstoff. Der Arzt sagt, sie wird sich bald besser fühlen.«

Emma seufzte, schloss die Augen und massierte angestrengt ihre Nasenwurzel. Das Wetter war phantastisch, doch der Tag war versaut.

»Also, Frau Wolf. Ich bin Detlev Müller, Oberkommissar der Mordkommission«, stellte ihr Gegenüber sich vor. Mit seinen silbernen Haaren und dem dunkelblauen Anzug strahlte er zu gleichen Teilen Autorität, Menschlichkeit und Zuversicht aus, aber Emma ließ sich nicht täuschen. In diesem Mann steckte ein knallharter Ermittler.

»Detlev? Mein Gott, Sie armer Kerl.« Kaum war der Satz raus, legte Emma geschockt die Hand auf den Mund. Sie konnte doch einem Kommissar nicht sagen, wie bescheuert sein Name klang!

Detlev Müller lachte nur. »Da haben Sie allerdings recht.«

Emma war außerordentlich froh, dass ihre Mutter nicht hier war. Müller war ein Bild von einem Mann in seinen besten Jahren. Emma hätte sich nicht gewundert, wenn bei einem Besuch in New York City das Gesicht des Kommissars neben einer Markenparfümflasche von einer riesigen Werbetafel auf sie herabgelächelt hätte. Und leider hatte ihre Mutter die schlechte Angewohnheit, sich Männern, die ihr äußerlich zusagten, an den Hals zu werfen, auch wenn sie von den respektablen und netten Charakteren unter ihnen erfahrungsgemäß bald gelangweilt war.

Der Garten war voller Geräusche und Gerüche. Emma hatte wie jeden Frühling ihre eigenen Kräuter, Gemüse und einige Obstpflänzchen angebaut, die jetzt, Ende Mai, langsam anfingen, Früchte zu tragen und ihren Duft zu verbreiten. Die Flügel der Insekten, die dadurch angelockt wurden, erzeugten ein leises Surren, das die Luft erfüllte und von den Tieren aus ihrem eigenen Bienenstock, auf den sie besonders stolz war, noch verstärkt wurde. Das rege Treiben und laute Vogelzwitschern konnte kaum ignoriert werden. Und doch war das alles durch die vielen Gespräche rund um Emma herum kaum zu hören. Wie lange würde es dauern, bis sie die Ruhe ihres Gartens wieder genießen konnte? Wie lange, bis sie ihre Küche wieder benutzen konnte?

»Frau Wolf, erzählen Sie mir doch bitte mal in Ihren eigenen Worten, was passiert ist.«

Folgsam setzte Emma sich aufrechter hin und begann, über die Ereignisse des Vormittags zu berichten. Sie fasste sich an die Knöchel und zog die Beine in den Schneidersitz. »Sie haben die Leiche da drinnen gesehen?«

Detlev Müller nickte.

»Benedikt ›Dreckskerl vom Dienst‹ Diebenkorn. Im Fernsehen wirkt er immer total nett und sympathisch, aber hinter der Kamera war er nicht auszuhalten, zu keiner Zeit und von niemandem, wenn Sie mich fragen. Ich habe dennoch keine Ahnung, warum der Mann tot in meinen Kühlschrank gestopft wurde. Meiner Meinung nach hätte es eine gebrochene Nase auch getan.«

Detlev Müller notierte die Einzelheiten auf seinem kleinen Notizblock und sagte: »Das hört man selten. Normalerweise versuchen Zeugen, von Toten, die sie nicht mochten, nur das Beste preiszugeben.«

Emma zuckte nur mit den Schultern. »Ich konnte ihn nicht leiden und er mich ebenso wenig. Habe ich ihm den Tod gewünscht? Nein. Bin ich traurig darüber? Nein.«

Der Kommissar schien es ernüchternd zu finden, mit einer Frau zu sprechen, die frei ihre Meinung sagte. Vielleicht glaubte er auch, sie stünde noch unter Schock. Aber egal, was es war, er ließ sich seine Irritation nur kurz anmerken und machte dann ohne große Umschweife mit seiner Befragung weiter.

»Erste und wichtigste Frage: Wo waren Sie in der Nacht von gestern auf heute?«

Emma hob die Hand und zeigte mit dem Daumen über ihre Schulter. Das Fenster zu ihrem Schlafzimmer stand offen. Die purpurnen Vorhänge wehten im Wind und schlugen Falten. »Da oben.«

»Sie wohnen in Ihrer Bäckerei?«

»Über meiner Bäckerei, ja.«

»Und Sie haben rein gar nichts gehört?« Der Kommissar sah sie misstrauisch an. Sein Gesichtsausdruck, die in Falten gelegte Stirn, die einschüchternden Augenbrauen und die Stimmlage zeigten Emma, dass er ihr kein Wort glaubte.

Sie wusste genau, womit sie es zu tun hatte. Hendrik hatte sie, um zu üben, oft genug als Gegenpart für seine Verhöre benutzt. Sie schüttelte den Kopf und ließ ein paar ihrer Locken im Wind tanzen. »Ich war bis kurz nach Mitternacht mit Hendrik und meiner Mutter zusammen. Sie können ihn fragen, er hat mich nach Hause gebracht.«

Detlev Müller schnalzte mit der Zunge und schrieb weiter. »Haben Sie die Küche noch einmal betreten, als Sie nach Hause gekommen sind?«

»Nein.« Emma war todmüde und mit vollem Bauch ins Bett gefallen und hatte sich ihre verdiente Mütze Schlaf geholt. »Zähne geputzt und ab ins Bett. Hab durchgeschlafen bis zum Morgen.«

»Wer außer Ihnen hat Zugang zu Ihrer ... WAS zum Teufel soll das? Ihr sollt die Leiche zum Wagen bringen, verdammt!«

Oberkommissar Müller war aufgesprungen und lief zwei Sanitätern entgegen, die die Rolltrage mit Tiefkühl-Benedikt zur Hintertür raus und in den Garten geschoben hatten. Emma drehte sich auf ihrer Liege um und sah ihm nach.

Ein Polizist trat hinter den beiden aus der Küche und winkte sie weiter. »Sorry, Detlev, das wird nicht gehen. Vor der Tür kampiert eine Herde Reporter.«

»Was?«

Gerade als Emma sich neugierig erheben wollte, hörte sie das Klicken einer Kamera und spitzte die Ohren. Wie ein Insekt, das seine Beißzangen hungrig zusammenschlägt, klickte es wieder und wieder. Emma kniff die Augen zusammen und entdeckte nach genauerem Hinsehen ein Kameraobjektiv zwischen ihrem Himbeer- und ihrem Ribiselstrauch. Jemand lag in ihren Büschen, das Gesicht von einer roten Schirmmütze verdeckt, und schoss Fotos für ein Boulevardblatt oder einfach nur zur Befriedigung seiner eigenen Phantasien.

»Ach, Herr Kommissar?«

»Ja?«

»Sieht so aus, als wären die nicht nur vor meiner Haustür.« Emma hüstelte und zeigte auf die Büsche. Dann lehnte sie sich wieder zurück, verschränkte die

Arme hinter dem Kopf und genoss die Show. So viel Action wie in den nächsten Minuten hatte es in ihrem Garten seit dem verirrten dreibeinigen Hund der Nachbarin mit dem Buchladen vor zwei Jahren nicht mehr gegeben.

Detlev Müller ließ es sich nicht nehmen, den Reporter selbst zu schnappen. Der wollte sich aber logischerweise nicht fangen lassen, sprang aus dem Gebüsch und machte Anstalten, sich über den weiß gestrichenen Zaun davonzumachen. Der Leichenwagen, der vor dem Gartentor parkte, um die Leiche in Empfang zu nehmen, stand ihm dabei allerdings im Weg, also versuchte der Reporter, im großen Bogen durch den Garten zu laufen und sich eine bessere Fluchtmöglichkeit zu suchen. Seine Kamera hatte er losgelassen. Sie baumelte an der Halterung um seinen Hals und schlug ihm beim Rennen immer wieder gegen die Brust. Sicherlich würde er in ein paar Stunden mit blauen Flecken übersät sein.

»Urgh, warum laufen die nur immer davon?«, fluchte Detlev Müller und fing ebenfalls an zu rennen. Sogar im Sprint sah der Mann gut aus. Emma fand, wenn sie mit Mitte fünfzig noch genauso gut in Schuss war wie Hendriks älterer Kollege, konnte sie sich wirklich freuen.

Alle Anwesenden, Fernsehleute wie Polizisten und Sanitäter, sahen dabei zu, wie der in Jeans gekleidete Paparazzo mit dem roten Baseball-Cap auf dem Kopf von Oberkommissar Müller durch den Garten gejagt wurde. Die kurze Seite des Zauns war vom Leichenwagen blockiert, also versuchte der Reporter, über die Längsseite in den nächsten Garten zu flüchten.

»GAH!«

Emma konnte sich anhand der Geräusche lebhaft vorstellen, was im Nachbargarten vor sich ging. Herkules, der dreibeinige Nachbarshund, war sehr misstrauisch gegenüber Fremden und tat absolut alles, um sein Frauchen zu beschützen.

»Nehmt ihn weg!«, quiekte der Reporter. »Meine Hose. Meine HOSE!«

Detlev Müller hatte die Verfolgung aufgegeben und sah, lässig an die Bretter gelehnt, über den Zaun. Nicht eine einzige Schweißperle hatte sich auf seiner Stirn gebildet. Emma stellte sich den Reporter vor, wie er im Gras lag, sein Hosenbein zwischen Herkules' Gebiss. Das Geräusch von zerreißendem Stoff ließ sie vor Schadenfreude grinsen.

Kommissar Müller winkte einen seiner Beamten in Uniform herbei. »Einsacken und mitnehmen. Ich will wissen, warum wir es hier mit so vielen Paparazzi zu tun haben. Und konfiszieren Sie die Kamera.«

Der Tumult im Garten hatte auch Hendrik aufmerksam gemacht, der nun neugierig zu seiner Schwester herüberkam, sich mit einem Arm auf das Kopfteil der Liege stützte und den anderen in die Hüfte stemmte.

»Was geht denn da ab?«, fragte er.

»Entweder«, antwortete Emma, »hat Herkules einen Perversen gestellt, der Fotos von mir gemacht hat, oder, was wahrscheinlicher ist, jemanden, der auf einen Schnappschuss von Benedikts Leiche scharf war. Stimmt es, dass draußen vor dem Laden die Reporter kampieren?«

Hendrik nickte. »Leider ja. Das Opfer scheint 'ne große Nummer gewesen zu sein.«

»Mist. Bei so vielen Leuten hätte ich echt Kohle machen können.«

Hendrik sah sie tadelnd an. »Emma ...«

»Ja, ja, ich weiß, ich bin furchtbar. Ein Mann ist eben

gestorben, bla, bla, bla. Denkst du, ich finde das komisch? Nein. Aber musste dieses Arschloch denn unbedingt in meinen Kühlschrank gesteckt werden?«

Emma wusste, dass ihr Körper in dem Moment auf Autopilot geschaltet hatte, in dem der tote Benedikt auf ihre Fliesen gefallen war. Während um sie herum das Chaos ausgebrochen war, hatte Emma an seiner Halsschlagader nach einem Puls gesucht, ohne Erfolg. Otto war von ihr damit beauftragt worden, sich um die hysterische Leyla zu kümmern, während sie selbst in aller Seelenruhe einen Krankenwagen und die Polizei alarmiert, eine SMS an Hendrik abgefeuert und sich dann, nach getaner Arbeit, in den Garten gesetzt hatte.

Das alles schien Hendrik bereits zu wissen, denn er fragte nicht nach, sondern ergriff ihre Hand.

»Du wirst eine Weile bei mir unterkommen müssen, wenigstens für ein paar Tage«, erklärte er ruhig. »Deine Wohnung muss auch untersucht werden. Komm.«

Emma protestierte nicht, sondern ließ sich von ihrem Bruder aufhelfen. Sie sah noch kurz dabei zu, wie Bulldogge Herkules im Nachbargarten fröhlich mit dem Schwanzstummel wedelnd die Jeans des Reporters zerriss, während selbiger von dem uniformierten Beamten, den Müller damit beauftragt hatte, unter Protest abgeführt wurde.

Die Leiche von Benedikt wurde endlich in den Wagen geladen und brauste in Richtung Rechtsmedizin davon. Oberkommissar Müller kam auf sie zu.

»Müller, brauchen Sie meine Schwester noch?«, erkundigte sich Hendrik.

Detlev Müller sah sich noch einmal seine Notizen an und schüttelte dann den Kopf. »Fürs Erste war es das. Aber, Frau Wolf, Sie kennen die Prozedur ja sicher. Verlassen Sie nicht die Stadt, reden Sie nicht mit der

Presse und bleiben Sie in der Zwischenzeit dem Tatort fern.«

Emma nickte ergeben und bereitete sich innerlich auf ein paar stressige Tage mit wenig Schlaf vor.

Vier

Es war nicht zu übersehen, dass Hendrik seine Küche kaum benutzte. Dabei war es eine Ansammlung von modernen Geräten, kombiniert mit einer Arbeitsplatte aus grauem Marmor und einem phantastischen Kühlschrank (ohne Leiche). Aber als Emma ihn öffnete, in der Hoffnung, sich wenigstens Frühstück machen zu können, konnte sie nichts weiter finden als Bier, ein Glas mit Essiggurken und einen Karton mit abgelaufener Milch. Anstatt nach einer Küche, in der regelmäßig gekocht wurde, roch es hier einfach nur nach Kaffee – ansonsten aber steril.

Emma fühlte sich unwohl. Der Inhalt der Vorratskammer war auch eher enttäuschend, also schickte sie Hendrik einkaufen und begab sich auf die Suche nach brauchbaren Backutensilien.

Eine Stunde später hatte sie alles, was sie brauchte, um ihr Geschäft weiterzuführen, gefunden, Zutaten ausgenommen: nigelnagelneue Töpfe, Pfannen, Schneidebretter, einen Entkerner, einen Mixer, Siebe, Schäler – alles da und unbenutzt. Nur ein Stabmixer fehlte noch.

»Ich glaub, ich hab alles, was du wolltest«, rief Hendrik von der Eingangstür, die mit einem Knall hinter ihm ins Schloss fiel. Er stellte einen Karton auf seine Küchenanrichte und funkelte Emma böse an. Ihr Haus war ein Tatort, also hatte er ihr angeboten, bei ihm in der Wohnung zu bleiben, bis sie wieder in ihrem eigenen Bett schlafen durfte. Er hatte aber wohl nicht damit gerechnet, dass sie sich wie ein General im Krisengebiet aufführen und die gesamte Wohnung zur Bäckerei umfunktionieren würde.

»Danke«, antwortete Emma dumpf. Von ihr war im Moment nur die untere Hälfte zu sehen, eine Jeans und Wollsocken. Ihr Oberkörper war in den Tiefen von Hendriks Vorratsschrank verschwunden.

»Ich fasse es immer noch nicht, dass du die Kuchenform für deine Penis-Cake-Pops mitnimmst, aber ich losrennen muss, weil du deine Zahnbürste vergessen hast«, maulte er.

»Du magst dich wundern, Bruderherz, aber der Mord in meiner Bäckerei hat keinen Einfluss auf die Zahl der Bestellungen genommen. Bis jetzt jedenfalls. Ich hab sogar heute eine E-Mail bekommen, in der man mich gefragt hat, ob ich eine Stellungnahme zu dieser angeblichen ›PR-Aktion‹ abgeben will. Kannst du das glauben?«

»PR-Aktion?«

»Ja«, antwortete Emma und tauchte triumphierend aus dem Inneren des Vorratsschranks auf, den Stabmixer in der Hand, den sie so verzweifelt gesucht hatte. »Die scheinen zu glauben, dass der Mord gar nicht wirklich passiert ist.«

Sie richtete sich auf, strich ihre Haare zurück und band sie zu einem Pferdeschwanz zusammen. Ihre Locken ließen sich kaum bändigen. Dann inspizierte sie den Inhalt des Kartons, den Hendrik mitgebracht hatte. Sie begann, die Einkäufe auszupacken und jede einzelne Zutat genau unter die Lupe zu nehmen, daran zu schnuppern und zu probieren.

»Und mit der Herstellung welcher erotischen Meisterwerke muss ich in nächster Zeit in meiner Küche rechnen?«, wollte Hendrik wissen und nahm sich einen Smoothie aus dem Einkaufskarton.

»Siebzig Penis-Cake-Pops für eine Junggesellinnenparty«, begann Emma und nahm ihre Bestellmappe zu Hilfe, um nichts auszulassen. Die Mappe war zum Bersten voll mit Bestellausdrucken und losen Notizzetteln. »Für eine Gruppe von Jungs, bei denen einer ein Jahr nach Australien geht, ein Kuchen mit Zitronenglasur-Unterwäsche. Außerdem eine Lieferung Punschmöpschen für eine Sexspielzeugparty. Der Rest hat mit Sex nichts zu tun.«

»Der Rest« war ein Babykuchen für eine Frau, die Zwillinge bekam. Emma freute sich bereits auf diese Aufgabe und hätte nur zu gern das Gesicht der Frau gesehen, wenn sie die Torte anschnitt und eine sowohl rosafarbene als auch blaue Teigfüllung vorfand. Außerdem musste noch ein königlicher Geburtstagskuchen für eine sechsjährige Prinzessin her.

Hendrik ließ sich auf seinem Sofa nieder. Emma war von Hendriks Wohnung immer wieder beeindruckt. Er hatte sich ein Apartment mit einem riesigen Wohnraum angeschafft, von dem aus man alles im Blick hatte. »Ich bin nur froh, dass für die Penis-Cake-Pops niemand Modell stehen muss«, murmelte er und meinte mit »niemand« ganz klar sich selbst.

Auf diese Kreation war Emma besonders stolz. Kuchen am Stiel war ein Trend, der richtig boomte und mit dem man viel anstellen konnte. Ihre kleinen Penisse am Stiel, mit bunten Glasuren und allen möglichen Streuseln dekoriert, waren ein wahrer Verkaufsschlager. Eine Vagina konnte man leider weniger optimal für einen Cake-Pop in Szene setzen.

»Weißt du schon, wann ich wieder in meine Küche kann?«, fragte Emma hoffnungsvoll und beschloss, mit dem Babykuchen anzufangen. Der musste heute noch ausgeliefert werden, genauso wie die Cake-Pops.

Hendrik schüttelte den Kopf und fuhr sich mit der

Hand durch seine blonde Haarpracht. In seinem Bart war ein Tropfen grüner Kiwi-Smoothie hängen geblieben. »Es wird noch eine Weile dauern, sorry. Wir müssen uns sowohl das Haus als auch den Garten vornehmen. Und dein Kühlschrank ist im Labor, aber ich schätze, den willst du ohnehin nicht zurückhaben.«

Da hatte er allerdings recht.

Emma antwortete nicht, nur das Zerschlagen von Eierschalen und das metallene Klappern ihres Schneebesens waren zu hören. Hendrik schien die Stille als aufmerksames Zuhören zu deuten und sprach weiter.

»Dieser Fall ist echt eigenartig. Die Techniker haben immer noch keine Mordwaffe gefunden, nicht im Haus und nicht in der näheren Umgebung. Bist du sicher, dass dir nichts Ungewöhnliches aufgefallen ist?«

»Wieso sucht ihr denn überhaupt nach einer Waffe? Ich hab kein Blut gesehen, als Benedikt auf den Boden fiel«, antwortete sie mit einer Gegenfrage, »und auch keine Wunde.«

Hendrik ging nicht darauf ein. »Der Mörder könnte sie mitgebracht oder irgendwelche gerade verfügbaren Küchenutensilien verwendet haben, zum Beispiel eins deiner Messer«, überlegte er.

»Die waren alle noch da, und ich habe Detlev extra meine Inventarliste ausgedruckt, damit er selbst noch mal nachsehen kann.« Als Köchin und Bäckerin wusste Emma genau, was sie in ihrer Küche hatte. Die Messer und anderen Utensilien waren schließlich für den Profigebrauch gemacht und etwas teurer gewesen als normales Besteck.

»Du nennst meinen Chef Detlev?«, fragte Hendrik pikiert.

Emma lachte. »So heißt er nun mal. Mit so einem Namen ist er wirklich gestraft, armer Kerl.«

»Emma!«

»Was denn? Ich stand unter Schock! Er fand's außerdem lustig, als ich ihm gesagt habe, dass er mir leidtut.«

Die äußerst vulgäre Antwort ihres Bruders konnte sie nicht mehr richtig hören. Sie hatte Hendriks Mixer angeworfen, um die Teigfüllungen für den Babykuchen vorzubereiten, und die stählernen Mixstäbe schlugen gegen die blitzblanke Metallschüssel. Geräusche wie Musik in Emmas Ohren.

Nur auf die fremde Küche hätte sie gern verzichtet.

Fünf

Der Unterschied zwischen den Paparazzi genannten Schmierblattschreibern der Boulevardblätter und Menschen, die ernsthaften Journalismus betrieben, war Emma durchaus bewusst. Die einen berichteten aus Promiwohnungen, die anderen aus Schützengräben.

Trotzdem konnte sie nicht anders, als für einen Moment die gesamte Berichterstattungsbranche zu hassen, als sie an diesem Nachmittag die Wohnung ihres Bruders verließ und auf große Kameras, kleine Kameras und filzüberzogene Plastikmikrofone stieß.

»Frau Wolf! Stimmt es, dass man Benedikt Diebenkorn ein Steakmesser ins Herz gerammt hat?«

»Kein Kommentar«, grummelte Emma.

»Frau Wolf! Warum hat die Polizei noch keine Details zu Benedikt Diebenkorns Tod an die Presse weitergeleitet?«

»Woher soll ich das wissen?«

»Hatten Sie eine Affäre mit Benedikt Diebenkorn?«

»Wie bitte? Also, das ist einfach nur geschmacklos!«

»Versuchen Sie, durch Ihren Bruder Kommissar Wolf als Mordverdächtige ausgeschlossen zu werden?«

»Lassen Sie mich durch!«

»Wieso spezialisieren Sie sich auf erotisches Backen, Frau Wolf? Hat der Mord in Ihrer Bäckerei etwas mit einem geheimen Fetisch zu tun?«

»Kein Kommentar. Und jetzt gehen Sie mir aus dem Weg, bevor ich Sie überfahre!«

Emma hatte die Kuchenbox auf ihren Gepäckträger

gestellt und festgezurrt, denn ihr Wagen war in der Werkstatt. Die Tasche mit den in Backpapier eingewickelten Cake-Pops hatte sie an den Lenker gehängt, ihren Hintern auf den Sattel geschwungen und fuhr nun mit ihrem veralteten, aber vertrauenswürdigen Klapperfahrrad davon. Jeder Zentimeter Blech ruckelte und zuckelte, doch es leistete seinen Dienst. In weiser Voraussicht ihrer Liefertätigkeit hatte sie Hendrik gebeten, den Drahtesel in seinen Kofferraum zu packen und mitzunehmen.

Während Emma das Blitzlichtgewitter hinter sich ließ und zu ihrer Kundin fuhr, die den Babykuchen bestellt hatte, dachte sie nach.

Zum einen fragte sie sich, ob sie der Werkstatt etwas Dampf machen sollte. Normalerweise war es nicht ihre Art, Lieferungen mit dem Fahrrad zu tätigen. Es war zwar besser für die Umwelt, aber bei den Waren, die sie transportierte, fuhr sie trotzdem lieber mit ihrem kleinen Lieferwagen. Und gerade jetzt hätte sie sich eine Liefervariante mit etwas mehr PS gewünscht.

Sie fand es schwer, das Auto zu beschreiben. Im Großen und Ganzen war es ein zum Verkaufsstand umgebauter, absolut krass genialer VW-Bus, in den Emma sich auf Anhieb verliebt hatte. Man stieg aus dem Auto aus, öffnete die seitliche Tür wie ein Garagentor nach oben, stieg wieder ein und konnte dann mit dem mitgeführten Backwarensortiment seine Kunden bedienen. Eine kleine Küche mit Kaffeemaschine, Ofen, Herd und Kühlschrank, außerdem Platz für drei Personen – fertig. Und er war perfekt. Noch heute war sie ihrem Bruder für dieses Geschenk unheimlich dankbar. Hendrik hatte den Bus über eine Flohmarkt-Website erstanden und dann zwei Monate in seiner Garage zugebracht, um ihn auf Vordermann zu bringen und die Küche und die Elektronik einzubauen. Danach hatte er ihn neu lackieren lassen. Nun konnte sie zu Cateringjobs fahren und den schwarzen Kleinbus mit dem limettengrünen Logo überall in der Stadt abstellen. Allerdings hatte sich vor zwei Wochen mitten auf der Straße der Auspuff vom Rest der Karosserie verabschiedet, und seitdem stand ihr Baby in der Werkstatt.

Zum anderen fragte Emma sich, ob Benedikt Diebenkorn wirklich eine so große Nummer in der Fernsehwelt gewesen war. Warum waren so viele Reporter an ihm interessiert? Und warum wurde um seinen Tod so ein großer Wirbel gemacht? Sicher, der Zuckerguss über der Leiche war auf zweideutige Weise als delikat zu bezeichnen. Doch darauf schien die Boulevardpresse nicht einzugehen, sie wusste nicht einmal, ob diese Information der Öffentlichkeit überhaupt zugänglich gemacht worden war. Sie beneidete ihren Bruder, dessen Aufgabe es war, das alles herauszufinden, jedenfalls kein Stück.

Die Straßen waren jetzt, am frühen Nachmittag, wie leer gefegt. Die meisten Menschen hatten entweder gerade ihre Mittagspause beendet und waren zurück ins Büro gefahren, oder sie warteten zu Hause auf die Kinder, die nun bald von der Schule kamen. Emma fuhr entspannt eine schattige Straße entlang, ihre Backwaren im Gepäck, und wollte gerade um die Ecke in die Altstadt einbiegen, als auf einmal mit quietschenden Reifen ein weißer Transporter vor ihr stehen blieb. Sie zog abrupt an der Bremse und wäre beinahe über ihre Lenkstange gefallen. Der Fahrradlenker mit der Klingel drückte schmerzhaft gegen ihren Bauch. Der plötzliche Stopp hatte sie aus dem Sattel gehoben, während sich der Saum ihrer Jeans am Schutzblech der Fahrradkette verfing, und sie kämpfte um ihr Gleichgewicht. Fluchend versuchte sie, sich aus dem schmierigen Gefängnis zu befreien und gleichzeitig ihre Cake-Pop-Penisse nicht vom Fahrrad fallen zu lassen. »Hey! Was soll das, kannst du nicht aufpassen, du Vollidiot?«

Das Fahrerfenster wurde hinuntergekurbelt, doch statt einer Person von Angesicht zu Angesicht gegenüberzustehen, der sie die Leviten lesen konnte, starrte Emma direkt in das Objektiv einer teuren Kamera.

»Bitte lächeln!«

»Was zur …«

Die Kamera wurde kurz gesenkt. Emma konnte das Gesicht des Reporters mit dem roten Baseball-Cap erkennen, der am Tag zuvor zwischen ihren Büschen hindurch fotografiert hatte. Er grinste verschmitzt und schien mit der Kamera heranzuzoomen, um das Ausmaß von Emmas Beinahe-Unfall genau ablichten zu können. Dass er durch ihr Missgeschick seine eigene, von Herkules zerfetzte Jeans rächen konnte, schien ihn noch glücklicher zu machen.

»Deine Story ist Gold wert, Darling«, flötete er und drückte auf den Auslöser. »Außerdem schuldest du mir ein paar Schnappschüsse. Der blöde Hund deiner Nachbarin hat meine Jeans versaut. Und die Hälfte davon behalten!«

Emma ballte die Fäuste um ihre Lenkstangen und riss sich zusammen. »Hat Ihnen der Ausflug aufs Polizeirevier gestern nicht gereicht?«, erkundigte sie sich verärgert.

Sie bekam keine Antwort, der Reporter schoss nur weiter seine Fotos.

»Was ist denn an Diebenkorn bloß so interessant, dass ihr Reporter heute haufenweise die Stadt unsicher macht?«

Der Paparazzo lachte laut. »Das weißt du nicht? Der Typ stirbt in deinem Kühlschrank, und du hast keine Ahnung, was er für einen Ruf hat? Du solltest vielleicht öfter mal eines unserer Magazine in die Hand nehmen.«

Emma riss ungeduldig ihr rechtes Bein hoch, und ein lautes Ratschen war zu hören. Ein Stück Jeansstoff blieb in der Fahrradkettenhalterung hängen, die Hose war hinüber. »Tut mir leid«, knurrte sie. »Aber ich lese grundsätzlich nichts, was mich verblödet.«

Das Klicken der Kamera brachte Emma zur Weißglut. Sie packte den Lenker fester, ihre Knöchel wurden durch den Druck ganz weiß, doch wenigstens musste sie jetzt nicht mehr um ihr Gleichgewicht fürchten.

»Solltest du aber, wenigstens morgen. Dann wird dir nämlich dein hübsches Gesicht entgegenlächeln«, verkündete der Reporter frech.

Das brachte das Fass zum Überlaufen. Ohne nachzudenken, griff Emma in die Tasche am Fahrradlenker. Sie erwischte zwei Stiele mit Cake-Pop-Penissen und warf sie mit Karacho gegen das Auto. »Fahr zur Hölle!«

Wieder klickte die Kamera, bis der Paparazzo genug hatte, aufs Gas trat und mit quietschenden Reifen die Straße entlangraste. Emma blieb atemlos und stinksauer zurück.

Sechs

Während Emma fluchend weiter zu ihrer Kundin fuhr, obwohl sie lieber dem nervigen Reporter gefolgt wäre, um ihn zu verprügeln, stand Hendrik in seinem Büro und zerbrach sich den Kopf. Er saß nicht gern beim Arbeiten, daher hatte er sich sein Büro so eingerichtet, dass er sich bewegen musste, während er bestimmten Tätigkeiten nachging.

Im Flachbildschirm an der Wand gegenüber dem Schreibtisch steckte der Cupcake-USB-Stick, den Emma ihm geschenkt hatte. Darauf befanden sich Fotos vom Tatort und dem toten Benedikt Diebenkorn, die nun im Zehn-Sekunden-Takt als Diashow über den Bildschirm liefen. Auf der anderen Längsseite, hinter Hendrik, standen Regale mit Bergen von Ordnern und Aktenhüllen, scheinbar ohne System und schlampig eingeräumt. Doch er wusste genau, wo jede einzelne Falldatei, wo jede noch so winzig kleine Information versteckt war. Links vom Schreibtisch standen die beiden Fenster sperrangelweit offen, um die Maisonne und den Frühlingswind hereinzulassen. Und rechts neben der Tür, die stets einladend geöffnet war, hing seine »Mordtafel«: eine überdimensionale Pinnwand aus Kork mit Dutzenden von Nadeln, die Fotos, Notizen, Zeichnungen und Diagramme hielten. Hendrik stand nachdenklich davor, eine dampfende Tasse Kaffee in der Hand, den Duft von Druckerschwärze in der Nase und den Wind im Nacken. Er spürte schon die Migräne, die sich pochend in seiner rechten Schläfe ankündigte.

Seine Schwester sah ihm von einem der Fotos entgegen, flankiert von Aufnahmen des Kameramanns, der nervösen Kostümlady, des Stylisten, der Aufnahmeleiterin und des Opfers, Benedikt Diebenkorn. Einfache rote Wollfäden führten von Nadel zu Nadel, um die Verbindungen zwischen den einzelnen Personen aufzuzeigen. Natürlich gab es heutzutage viel modernere Methoden der Darstellung einer Fallakte, aber Hendrik liebte seine Korktafel. Die wichtigsten Informationen zur Person schrieb er stets auf eine Karteikarte und pinnte sie unter das jeweilige Foto.

Er verschluckte sich fast an seinem Kaffee, als auf einmal Oberkommissar Detlev Müller in der Tür stand.

»Hendrik. Sie sind fleißig, wie ich sehe?« Müller verschwendete keine Zeit damit, auf eine Antwort zu warten, sondern trat ein und gesellte sich zu Hendrik, der hüstelnd versuchte, seinen Kaffee nicht auf den abgenutzten, hässlichen Teppichboden zu verschütten.

»Ich habe die Fallakte aufgeblasen, um einen Überblick zu kriegen«, erklärte er. Am Anfang seiner Tätigkeit bei der Mordkommission hatte Hendrik sich an den Jargon seiner Kollegen erst gewöhnen müssen. Mittlerweile waren Ausdrücke wie »die Fallakte aufblasen«, wenn man alle Informationen auf einen Blick haben wollte, oder »mal schnell in die Neunzehn verschwinden«, wenn man sich in die Raucherkabine im Zimmer 19 zurückzog, Alltagssprache für ihn.

»Und Sie kommen damit zurecht, dass Ihre Schwester an der Tafel hängt?«

Wenn er ehrlich zu sich selbst war, lautete die Antwort Nein. Sein Job war im Allgemeinen schlimm genug, doch wenn einem eine halb gefrorene Leiche in der beinahe eigenen Küche – aus dem familiären Kühlschrank sozusagen – entgegenstolperte und dadurch ebendiese

Familie in Mitleidenschaft gezogen wurde, war das keine Situation, mit der man leicht klarkam. Er hatte trotz Emmas Neugier immer versucht, sie von seinen Mordfällen fernzuhalten, doch dieses Mal war sie mittendrin.

»Es hilft, dass sie keine Verdächtige ist«, antwortete er ausweichend. Der Todeszeitpunkt war auf ein Zeitfenster vor vierundzwanzig Uhr an besagtem Abend eingegrenzt worden, sodass er selbst es war, der seiner Schwester in diesem Fall ein Alibi gab. »Wenn Sie wissen wollen, ob ich mit einer Schwester als Zeugin objektiv bleiben kann, kann ich nur sagen, ich werd's versuchen.«

Müller schien vollstes Vertrauen in ihn zu haben, denn er hakte nicht weiter nach, sondern nickte und verschränkte die Arme vor der Brust. Sein teurer schwarzer Anzug warf keine einzige überflüssige Falte. Er roch nach teurem Parfüm und, soweit man danach riechen konnte, Intelligenz und Scharfsinn.

»Was haben wir? Verschaffen Sie mir einen Überblick.«

Hendrik straffte die verspannten Schultern. Seine Gelenke knackten leise, es klang wie brechendes Holz. »Wir haben ein Fernsehteam aus Deutschland«, begann er, »das den Moderator geschlossen nicht leiden konnte. Ich habe alle persönlich befragt, und niemand, wirklich *niemand* hatte ein gutes Wort für ihn übrig.«

»Niemand?«, wiederholte Müller zweifelnd.

»Niemand. Ein Mitglied der Lichtcrew, das erst seit Beginn dieser Dokureihe mit ihm bekannt ist, hat gestern zugegeben, ihm vorletzte Woche in die Shampooflasche gepinkelt zu haben, weil er ihn nicht ausstehen konnte.«

»Interessant. Weiter?«

Hendrik ging zu seinem Schreibtisch und tauschte die Kaffeetasse gegen seinen schwarzen Taschennotizblock. »Justin Lorenz, der Stylist –« Er sprach den Vornamen englisch aus.

»Justin? Ehrlich?«, unterbrach Müller verständnislos. »Da bleib ich doch lieber bei Detlev.«

Hendrik musste schmunzeln. »Also, Justin Lorenz sagte, und ich zitiere: ›Dieser Mann spielte die erste Geige im Arschgeigenorchester.‹« Er riss den Notizzettel ab, nahm eine Nadel und pinnte das Blatt unter das Foto des Make-up-Artisten.

Justin Lorenz war ein Mann mit der Figur einer Bohnenstange. Er sah aus, als hätte er keinerlei Muskeln in seinem Körper, und wirkte in seinen schwarzen Jeans, dem einfachen Shirt und der gegelten Kurzhaarfrisur wie ein Strich in der Landschaft.

»Was wissen wir über die junge Dame, mit der die Nerven durchgegangen sind und die an die Sauerstoffflasche gehängt werden musste?« Müller tippte auf das Foto der jungen Blondine mit dem blauen Rosenkleid.

»Leyla Fuchs, zuständig für die Kleidung des Teams vor der Kamera. Sie sagte mir, dass Benedikt Diebenkorn nie zu irgendjemandem nett und zudem permanent schlecht gelaunt gewesen war. Aber das Mädchen war wirklich verstört, ihre Aussage macht wenig Sinn. Hier, halten Sie mal …«

Hendrik reichte Müller seinen Notizblock, holte die rote Wolle von seinem Schreibtisch und zog einen Faden von Justin Lorenz' Foto zum Bild der hübschen Leyla. »Diese beiden waren die Letzten, die das Opfer lebend gesehen haben. Sie sagten aus, er habe kurz nach Drehschluss im Garten gestanden und eine geraucht, als sie wie der Rest des Teams die Bäckerei durch das Gartentor an der Rückseite des Hauses verließen. Demnach war Diebenkorn der Letzte am Set.«

Nun kam der pinke Marker zum Einsatz, der in Hendriks linker hinterer Jeanstasche verstaut war. Er hatte einen Grundriss von Emmas Haus gezeichnet und markierte damit das Gartentor und den Hinterausgang, der von der Küche in den Garten führte.

»Ungefähr zur selben Zeit hat Emma die Vordertür des Ladens verschlossen, und wir haben uns zusammen auf den Weg zum Abendessen gemacht.«

Er verzierte die gläserne, mit dem Warnschild für die Eltern versehene Eingangstür zu Emmas Laden mit einem pinken Kreis und nahm einen Ausdruck von seinem Schreibtisch. Die Kriminaltechniker hatten tags zuvor ganze Arbeit geleistet, sodass Hendrik nun die Fotos von den Zigarettenstummeln aus dem Garten neben das des Opfers heften konnte.

»Justin und Leyla sind danach noch zusammen zu ›Alfredos‹ zum Abendessen gegangen.«

»Wir haben eine Pizzeria in Linz, die ›Alfredos‹ heißt? Ist die neu?«, fragte Müller überrascht.

Auch Hendrik verlor, was das anging, manchmal den Überblick, obwohl er und das Team so viele Überstunden schoben und Essen bestellten, dass sie jeden Futterlieferanten in der näheren Umgebung mit Namen kannten. Er suchte ein weiteres Foto aus seiner Ablage auf dem Schreibtisch und pinnte es zwischen Leyla und Justin in den Kork. Ein einladender Gastgarten mit Stühlen in chinesischem Design war zu sehen. Über dem Gastgarten wuchsen wilde Weintrauben, das Haus war blau gestrichen, und ein neues Schild hing über dem Eingang. »Seit einem Monat«, antwortete er. »Im ›verfluchten Restaurant‹.«

Das »verfluchte Restaurant« wurde so genannt, da sich kein Besitzer länger als zwei Jahre in diesem Gebäude halten konnte, obwohl es in perfekter Stadtlage situiert war. Manchmal nisteten sich Spitzenrestaurants mit Topköchen ein, manchmal durchschnittliche Imbissbuden. Aber niemand blieb lange. Emma, die trotz ihrer modernen Weltansichten doch etwas abergläubisch war, gab die Schuld einem Poltergeist mit einem Groll gegen Gastronomen.

»War das nicht vor Kurzem noch ein chinesisches Restaurant?« Müller runzelte die Stirn. Tatsächlich hatte sich Alfredos Pizzeria nicht die Mühe gemacht, am Ambiente etwas zu ändern, weshalb sich nun immer noch die chinesische Inneneinrichtung, die blaue Wandfarbe des griechischen Restaurants davor und die kreischbunte Beleuchtung des Mexikaners *davor* im Haus befanden. »Ach, Mist, die haben verdammt gute Frühlingsrollen gemacht.«

Hendrik grunzte amüsiert. »Das waren Tiefkühlfrühlingsrollen, Chef.«

»Dann haben sie die Dinger eben mächtig gut aufgetaut.«

Die beiden Ermittler ließen von dem Stylisten und der Kostümfrau ab und gingen die übrigen Personen durch.

»Ihre Schwester hat das Opfer als ›Dreckskerl vom Dienst‹ bezeichnet«, sagte Müller, während er Hendriks Notizblock zurückgab und seinen eigenen aus der Innentasche seines Designerjacketts holte. »Er schien wirklich nicht sehr beliebt gewesen zu sein.« Er tat es Hendrik nach und heftete Emmas Aussage an die Pinnwand. Der Kork war schon alt und spröde und bröselte auf den Teppichboden. »Ich nehme an, mit der Aufnahmeleiterin und dem Kameramann lief es ähnlich?«

Zu Viktoria Schneider und Otto Maier gab es nicht viel zu sagen. Viktoria hatte gleich nach ihrer Befragung den Fernsehsender in Deutschland benachrichtigt und wartete nun auf Neuigkeiten, da sie alle die Stadt nicht verlassen sollten. Sie hatte ausgesagt, Diebenkorn habe ihre Nerven beinahe tagtäglich bis zum Äußersten strapaziert. Otto hatte über Benedikt Diebenkorn zwar nichts Böses gesagt, schien ihn aber auch nicht sehr gemocht zu haben.

»Die Frage ist jetzt, wer und was hat ihn umgebracht? Und wieso hat man ihn danach in den Kühlschrank gesteckt?«

»Was das angeht, kann ich zumindest teilweise Licht ins Dunkel bringen.« Hendrik nahm den Obduktionsbericht, der auf seinem Tisch lag. »Wir wissen inzwischen, dass er vergiftet wurde. Die Untersuchung des Mageninhalts macht es wahrscheinlich, dass ihm das Gift oral verabreicht wurde. Was ihn umgebracht hat, kann ich also beantworten, das Wer noch nicht. Allerdings ist das Was schon eigenartig genug.« Hendrik strich sich gedankenverloren über den Bart. Eine Rasur stand dringend an.

»Nun sagen Sie es schon, Hendrik. Raus damit.«

»Blauer Eisenhut.«

»Sie verarschen mich. Wer vergiftet denn heute noch Leute mit Blumen?«

Hendrik reichte seinem Vorgesetzten den Bericht und verschränkte die Arme vor der Brust. Neben Müller in seinem schnieken Anzug sah er mit seinen Stiefeln, den groben Jeans und dem dunkelgrünen Shirt eher wie ein Holzfäller aus.

Müller blätterte durch den Bericht, ohne darin zu lesen, offensichtlich wartete er darauf, die Kurzversion mundgerecht serviert zu bekommen.

»Der Doc hat einen vollen toxikologischen Screen gemacht. Das Ergebnis: Blauer Eisenhut. Jeder einzelne Bestandteil dieser Blume ist giftig, von den Wurzeln bis zur Blüte, und das schon in geringer Dosis. Das Problem ist, dass man diese Pflanze in vielen Ziergärten findet. Der Mörder kann das Ding von überall herhaben.«

»Wir nehmen also an, dass Diebenkorn vergiftet und dann in den Kühlschrank verfrachtet wurde?«

»Ganz genau.«

Müller gab den Bericht zurück und drehte sich zum Flachbildschirm an der Wand. Fotos vom Tatort, der Leiche, den Zeugen, der Beweisaufnahme wechselten sich ab. »Was sagen die Kollegen aus Deutschland?«, erkundigte er sich, ohne den Blick abzuwenden.

Hendrik stöhnte auf und ließ sich erschöpft in seinen Sessel fallen. »Die schnapsen noch die Zuständigkeiten aus. Die Berliner kümmern sich um Diebenkorn, da er dort gewohnt hat. Der Rest des Fernsehteams lebt in München. Das Opfer war Single und hatte keine Familie. Klingt jetzt zwar beschissen, aber wenigstens müssen wir uns keine Sorgen um die Benachrichtigung von Frau und Kindern machen. Seine Eltern sind bereits verstorben.«

Müller nahm seine Brille ab und massierte sich die Schläfen. »Geben Sie mir einen Tipp, Hendrik. Ich muss in einer Stunde vor die Presse treten und denen ein Leckerli hinschmeißen, sonst fressen sie mich mit Haut und Haaren.«

»Sie wollen, dass ich Ihnen sage, was Sie den Pressefuzzis sagen sollen?«

»Jep.«

Hendrik lachte. »Sie sind der Boss, Müller. Sie können entweder auf ihre Fragen eingehen oder ihnen sagen, sie sollen alle zur Hölle fahren.«

»Hölle klingt gut.«

Das Vibrieren seines Handys auf dem hölzernen Schreibtisch lenkte Hendrik ab. Zur selben Zeit klingelte auch das Telefon des Oberkommissars. Sie nahmen ihre Gespräche fast gleichzeitig entgegen.

»Emma-Mäuschen. Alles klar?«

»Müller.«

»Was soll das heißen, er hat dich fast überfahren?«

»Was soll das heißen, ich soll mir Klatschzeitungen besorgen?«

»Ich nehm ihn mir vor, keine Sorge.«

»Okay, Sie untersuchen einfach alles, was Sie finden können. Ich will später keine Überraschungen erleben.«

»Ja, bis heute Abend.«

»Ja, so schnell, wie es geht.«

Beide legten seufzend auf.

Müller trat an den großen Bildschirm und wischte mit dem Finger darüber. Die Fotos verschwanden und gaben den Desktop des integrierten Computers preis. Wenig später hatte er einige Internet-Klatschseiten aufgerufen, die alle etwas über Benedikt Diebenkorn zu berichten hatten.

Schlagzeilen in verschiedenen Größen und Schriftarten brüllten Hendrik entgegen. Benedikt Diebenkorn sei in illegale Wettgeschäfte verwickelt gewesen, hieß es dort, er habe Geldprobleme gehabt, einem Gerichtsverfahren entgegengesehen und so weiter. Die Klatschpresse schien sich auch über seinen körperlichen Zustand Gedanken zu machen. Man fand, er habe in letzter Zeit müde ausgesehen, beinahe kränklich und ungewöhnlich blass. Hendrik stieß einen Pfiff aus. »Okay, sieht aus, als müssten wir etwas tiefer bohren.«

»Tiefer als tief. Ich will, dass Sie im Dreck wühlen wie ein glückliches Wildschwein, Hendrik.«

»Ein Wildschwein, Chef? Ehrlich?«

»Sie haben mit Ihrer Schwester geredet?«, fragte Müller anstelle einer Antwort und wies auf das Telefon, das Hendrik immer noch in der Hand hielt.

Hendrik knirschte mit den Zähnen. »Sie wurde auf ihrem Weg zu einer Kundin beinahe überfahren. Der Paparazzo, den wir gestern schon in der Mangel hatten, ist ihr wohl von zu Hause gefolgt und hat einige

Schnappschüsse gemacht. Sie sagt, sie hat ihn mit Kuchen beworfen.«

Müller grinste. »Ich mag Ihre Schwester. Das Mädel hat Pfeffer im Hintern.« Dann wurde sein Gesichtsausdruck wieder ernst. »Ich werde einer Streife sagen, dass sie den Mann noch mal herbringen sollen, und dann nehmen wir zwei ihn uns richtig zur Brust. Sie hängen den Knipser zur Sicherheit an die Mordwand und halten mich inzwischen auf dem Laufenden. Ich habe das Gefühl, dass er noch etwas mehr Widerstand leisten wird als gestern.«

»Wird gemacht«, sagte Hendrik und wandte sich wieder seiner Mordtafel zu. »Oh, und viel Spaß bei der Pressekonferenz.«

»Ach, halten Sie doch den Rand«, grummelte Müller und verließ das Büro.

Sieben

Man hätte meinen können, dass Emma nach jahrelanger Übung mit Küchengeräten, Zutaten und Messern gelernt hätte, eine Situation wie diese zu vermeiden. Doch als Hendrik nach seinem langen Arbeitstag den Schlüssel ins Schloss steckte und seine Wohnung betrat, fand er seine Schwester heulend in der Küche vor, mit puffigen roten Augen und einem Tränenstrom über den Wangen.

»Zwiebeltränen. ZWIEBELTRÄNEN!«, jammerte sie und schnippelte blinzelnd weiter.

Hendrik verdrehte die Augen, schien sich aber auf ein Abendessen zu freuen, welches zur Abwechslung einmal nicht aus der Tiefkühltruhe kam. In einem Topf auf seinem kaum benutzten Herd blubberte eine Suppe, die den Topfdeckel zum Tanzen brachte. In einer Pfanne zischte Öl. »Du errätst nie, wer mich heute bei der Arbeit besucht hat«, erklärte er erschöpft.

Emma war noch nie ein Fan von Ratespielen gewesen. Deshalb hatte sie sich zu Hendriks Belustigung angewöhnt, einfach willkürliche Antworten zu geben. »Keine Ahnung. Tante Olga? Hat sie mal wieder nach Kobolden gesucht?«

Hendrik lachte. »Nein, nicht Tante Olga.«

»Sag nicht, es war Cousin Bruno. Ist der freche Kerl immer noch in seiner ›Ich höre schlechten Hip-Hop‹-Phase, oder ist er wieder zum guten alten Punkrock zurückgekehrt?«

Hendrik schüttelte den Kopf. »Nein. Bruno ist, glaub ich, zurzeit eher bei den Musicals zu Hause.«

»Oje.« Emma kippte die Zwiebeln in die Pfanne mit dem heißen Öl, um sie anzuschwitzen. »Dann bleibt nur noch Darth Vader«, scherzte sie.

»Schlimmer.«

»Schlimmer als Darth Vader? *Du* hast mir doch immer eingeredet, dass er … Oh, du meinst Mama.«

»Jep. Mama war da.«

Emma wollte sich gar nicht vorstellen, was auf dem Revier vorgefallen war. Die Schimpftirade und das Chaos, das die Frau losgetreten haben musste. Sie hatte durch die Nachrichten von dem Mord erfahren und war laut Hendrik sofort losgedüst, um ihn auszuquetschen und ihren Freundinnen später erzählen zu können, dass ihr Sohn kurz davorstand, den Mord an einem Promi aufzuklären. Die Tatsache, dass der Mord im Haus ihrer Tochter stattgefunden hatte, würde sie höchstwahrscheinlich gekonnt unter den Teppich kehren. Oder es zumindest versuchen. Nur bei Emma selbst hatte sie sich nicht gemeldet. Das war typisch für sie.

»Detlev war sicher begeistert.« Emma seufzte und war insgeheim froh, dass Hendrik seinen Job behalten hatte. Ein Besuch von Marla Wolf brannte sich bei den meisten Menschen als negativ ein. Nicht allein wegen der Lautstärke ihrer Mutter, sondern auch wegen ihrer Weltanschauung, die nach ihrer ersten Schwangerschaft, verursacht durch einen Ausländer, sehr gelitten hatte. Sie war verbittert und misstrauisch.

Hendrik wollte schon weitersprechen, als ein verführerischer Duft ihn in Emmas Richtung zog. »Was genau machst du da eigentlich?«, fragte er, und sein Magen knurrte neugierig.

»Ich bin seit Stunden in der Küche. Irgendjemand muss die tollen Geräte hier drin ja benutzen«, sagte sie und stellte einen Brotkorb mit selbst gebackenem Brot auf der Theke ab. »Zum Essen gibt's Thunfischpasta.«

»Ich liebe dich.«

»Ich weiß.«

Eine Weile war nichts als das Klirren von Tellern und Besteck und Hendriks wohliges Stöhnen zu hören, der sein Leibgericht in sich hineinschaufelte, als gäbe es kein Morgen. Die zweite Portion aß er wesentlich langsamer und genüsslicher. Schließlich fasste er in seine Hosentasche und schob Emma eine Visitenkarte über den Tisch. Auf die Rückseite des Kärtchens hatte er mit Kugelschreiber zusätzlich eine Handynummer gekritzelt. »Wenn du sie heute noch anrufst, sind sie morgen da. Ein Freund in der Gerichtsmedizin schuldet mir einen Gefallen und hat dafür gesorgt, dass sie sich den Vormittag für dich frei halten«, meinte er kauend.

Emma legte das Besteck zur Seite und sah sich die Visitenkarte genauer an. Es war eine Standardkarte in Weiß mit ein paar roten Farbtropfen darauf. Der Text klar und gut lesbar. Zwei Worte sprangen ins Auge: »Zertifizierte Tatortreinigung«.

»Du hast den Tatort freigegeben? Ich darf wieder backen?«, quiekte sie aufgeregt und drückte die Karte an ihre Brust.

»Müller hat den Tatort freigegeben. Und nein, du darfst noch nicht darin backen. Außerdem hast du noch keinen Kühlschrank, Schwesterherz.«

Emmas Freude bekam einen kleinen Dämpfer, aber die Tatsache, dass sie die Tatortreiniger anrufen durfte, war ein wichtiger Schritt, um ihr Geschäft wieder ins Rollen zu bringen, und begeisterte sie über alle Maßen.

»Dann kann ich gleich einen Termin mit den Gesundheitsinspektoren ausmachen! Und ich kann –«

Ein Klingeln an der Haustür unterbrach ihren Freudentanz. Die beiden Geschwister sahen sich neugierig an.

»Hast du noch jemanden zum Essen eingeladen?«, fragte Hendrik, während er zur Tür ging.

Emma schüttelte den Kopf.

Ein wildes, eindringliches Klopfen gesellte sich zum Klingeln, sodass Hendrik durch den Türspion starrte, ehe er öffnete – und erstarrte.

»Verflucht.«

»Was?«

Hendrik ließ Emma nicht lange auf heißen Kohlen sitzen, er trat zur Seite und zog die Tür auf. Das Klopfen erstarb, und ein Wirbelwind rauschte herein. Melanie ließ ihren kleinen schreipinken Koffer fallen und lief schnurstracks zu Emma, um sie zu umarmen.

»Emma! Gott sei Dank, dir geht es gut!«

»Mel?«

Emma war aufgrund des Anblicks ihrer besten Freundin etwas überfordert. Man rechnete ja auch nicht jeden Tag mit Besuch aus Wien.

»Was machst du –«, hob sie zu fragen an, wurde aber jäh unterbrochen.

»Du blöde Kuh! Jemand steckt eine Leiche in deinen Kühlschrank, und du meldest dich nicht mal?«

Ehe Emma antworten konnte, fand Hendrik sich im Fokus von Melanies Zeigefinger wieder.

»Und du!«, rief sie anklagend, während sie auf ihn zustapfte. »Du hättest auch mal Bescheid sagen können. Was muss man tun, um von euch eine Nachricht zu kriegen? Ich hab im Fernsehen, im *Fernsehen*, davon erfahren! Herrgott noch mal, Kinder.« Sie bohrte ihren zierlichen Zeigefinger in Hendriks Brustkorb. Ihre Wangen glühten vor Wut und Sorge. »Ich bin in den nächsten Zug gesprungen und mit dem Taxi zu Emmas Haus gefahren, aber da darf man ja nicht rein. Also musste ich bei eurer Mutter vorbeifahren. Eurer *Mutter*, um zu erfahren, wo sie ist.«

»Und wie bist du dann hierhergekommen?«, fragte Hendrik und schob Melanie etwas von sich weg. Die Chemie zwischen den beiden war kaum zu übersehen, aber wie immer bemerkten sie es nicht.

»Ich hab ein Taxi genommen. Ah, der Typ steht noch unten. Hendrik, könntest du …?«

Hendrik nickte ergeben und ging nach unten, um das Taxi zu bezahlen. Melanie dachte meist nicht weit voraus.

Emma sah sich ihre beste Freundin etwas genauer an. Sie schien wirklich so schnell es gegangen war in den nächsten Zug gehüpft zu sein. Wie immer wirkte sie wie aus dem Ei gepellt in ihrer modischen Jeans und dem Nirvana-T-Shirt. Aber ihr sonst so sonniges Gemüt war getrübt.

Schmollend stand sie an der Tür, die Hände vor der Brust verschränkt, und starrte Emma an. »Wenn du eine Folge ›Game of Thrones‹ verpasst, dann rufst du mich jammernd an, aber nicht, wenn eine Leiche in deinem Kühlschrank liegt? Also wirklich …«

Emma seufzte und tat dann, was sie immer tat, wenn jemand aufgeregt war – sie bereitete für diese Person etwas zu essen zu. Sie ging in die Küche und holte einen weiteren Teller, während Melanie aus ihren Schuhen schlüpfte und sich an den Tisch setzte.

»Tut mir leid. Ich hab wirklich nicht daran gedacht. Gestern die Befragungen … Und die Presse versucht schon den ganzen Tag, mich dranzukriegen.«

»Hab ich gehört.«

Emma stellte den Teller vor ihrer Freundin ab und sah ihr beim Essen zu. Wie erwartet, schien sich Melanies Laune etwas zu stabilisieren. Trick eins klappte immer.

»Du hättest aber auch anrufen können, Mel.«

Melanie warf ihr einen bösen Blick zu und kaute langsam weiter. »Verzeih, aber wenn man hört, dass die beste Freundin eine Leiche im Kühlschrank hat, denkt man nicht unbedingt daran, sein Handy mitzunehmen. Das liegt zu Hause auf meiner Couch.«

Die Wohnungstür wurde geöffnet, und Hendrik kam herein, seinen Geldbeutel in der Hand. »Du schuldest mir sechzig Eu… Ach, vergiss es.«

Melanie hatte ihn mit einem Blick des Verderbens bestraft und aß hungrig weiter. Er schloss die Tür und setzte sich zu den beiden Frauen an den Tisch.

»Nur weil ich jetzt in Wien wohne, heißt das nicht, dass ihr mich nicht mehr anrufen sollt, Leute«, äußerte Melanie nach einer Weile des Schweigens und lehnte sich in dem mit Leder überzogenen Stuhl zurück.

Emma bedeutete es viel, dass Melanie so spontan in den nächsten Zug gesprungen war, um an ihrer Seite zu stehen. Sie waren zwar beide Frauen mit eigenen Unternehmen, aber ihre beste Freundin führte nicht nur eine, sondern gleich zwei Boutiquen für Baby-, Kinder- und Jugendmode, die aus ihrer eigenen Feder stammte. Sie hatte daher nur sehr wenig Freizeit. Die Entfernung Linz–Wien trug noch dazu bei, dass Emma Melanie inzwischen viel seltener sah als früher.

Trotzdem war Melanie für sie ohne zu zögern in den Zug gestiegen, um, wie sie sagte, so lange zu bleiben, wie es nötig war.

»Also erzählt mal, was war los? Ich will alles wissen. Und lasst ja nichts aus.«

Acht

Verdrossen betrachtete Emma ihr Spiegelbild. Sie war völlig k.o. und blass. Nicht einmal die beste Schminke hätte die tiefen Augenringe und die Müdigkeit auf ihrem Gesicht kaschieren können. Sie war mit schmerzendem Rücken von Hendriks viel zu harter Couch aufgestanden, die sie sich mit Melanie geteilt hatte, und war in eine hellblaue Stoffhose und eines ihrer Cupcake-T-Shirts geschlüpft. Die Jeans von gestern wollte sie zur Schneiderin bringen, die das Kleidungsstück hoffentlich retten konnte.

Emma liebte ihre beste Freundin, aber einen Schlafplatz mit Mel zu teilen, war immer wieder ein Erlebnis, welches sie nicht toll fand. Sollten Melanie und Hendrik jemals den Mut aufbringen, einander ihre Gefühle zu gestehen, war Emma gespannt, wie Hendrik mit einer solchen Partnerin in seinem Bett umgehen würde.

Sie beobachtete das Hin und Her der beiden schon seit Jahren und wurde langsam ungeduldig, wusste aber, dass sie nicht das Recht hatte, sich einzumischen.

Hendrik und Melanie hatten beide eine Liste an Ex-Freundinnen und Ex-Freunden, deren Existenz den jeweils anderen immer in miese Laune versetzt hatte. Emma wusste wirklich nicht, ob sie die Einzige war, die die sehnsüchtigen Blicke zwischen den beiden wahrnahm, oder ob sie sich alles nur einbildete. Melanie schien jedenfalls nicht mitzubekommen, dass Hendrik mehr lächelte, wenn sie in seiner Nähe war. Genauso wenig schnallte Hendrik, dass seine Anwesenheit ihre Kreativität zum Sprühen brachte.

Doch Melanie schlief, und da übertrieb Emma nicht, absolut unruhig. Sie wälzte sich auf der Matratze hin und her, schlug beim Träumen mit Händen und Füßen um sich und hatte Emma schon mehr als einmal blaue Flecken und sogar ein Veilchen verpasst. Außerdem war sie eine notorische Deckenklauerin und redete im Schlaf. In fremden Betten rollte sie zudem regelmäßig über den Rand der Matratze und knallte auf den Boden, was nicht nur Emma weckte, sondern auch Melanie selbst, die sich dann klagend wieder ins Bett hievte.

Letzten Endes war aber Emma die Leidtragende. Als sie vorhin todmüde aufgestanden und ins Badezimmer verschwunden war, hatte Melanie seelenruhig weitergeschlafen.

Emma legte ihre Haarbürste unbenutzt zurück und gab den Kampf gegen ihre Locken auf, noch bevor sie ihn begonnen hatte. Sie hatte keine Lust auf ein ausgiebiges Styling. Stattdessen begnügte sie sich mit einer Katzenwäsche und bändigte ihre Haare mit einem Haargummi.

Hendriks Bad war genauso spartanisch eingerichtet wie der Rest seiner Wohnung und reflektierte seinen Charakter. Er war kein Mann, der sich mit viel Firlefanz umgab. Die Fliesen waren groß, grau und modern, das Waschbecken weiß und quadratisch, ansonsten bestand alles aus Edelstahl. Eine Badewanne hatte er keine, ihm reichte die Dusche. Hätte nicht sein Rasierer in der Akkuladestation gestanden und seine Zahnbürste in einem Becher, hätte man meinen können, im Bad einer unbewohnten Wohnung zu stehen.

Emma sehnte sich nach ihren kitschigen sonnengelben Fliesen mit dem grauen Kranich und den blauen Blumen darauf, nach ihrer alten Badewanne und den verschnörkelten Wasserhähnen, dem alten Holzschrank mit den flauschigen Handtüchern und dem Spiegel, der sie nicht dick aussehen ließ. Sie war eben eine typische Firlefanz-Frau.

Als sie die Wohnung verließ, drückte sie Hendrik einen Abschiedskuss auf den Hinterkopf. Sein Gesicht klebte nämlich an der Marmoranrichte in der Küche, auf die er seine Kaffeetasse gestellt hatte. Er hing zäh wie Gummi im Stuhl davor und war genauso unmotiviert wie sie.

Er grummelte zum Abschied. Im Gegensatz zu ihr war Hendrik absolut kein Morgenmensch, und heute konnte sie tatsächlich mal nachvollziehen, wie er sich täglich fühlte. Außerdem vermutete sie, dass er den Kopf absichtlich von der Couch weggedreht hatte. Von Melanie, die sich immer noch im Land der Träume befand, war in ihren knappen Hello-Kitty-Shorts zurzeit mehr Haut als Schlafanzug zu sehen.

Nachdem Emma ihre Hose bei der Schneiderin abgeliefert hatte, besorgte sie sich einen Chai to go, um ihre Lebensgeister zu wecken, und eine Zeitung, um sie zu informieren. Bis die Tatortreiniger eintreffen würden, hatte sie noch etwas Zeit, und so setzte sie sich damit auf die Treppe am Eingang ihres Ladens. Doch statt Informationen entdeckte sie in der Zeitung etwas, das sie dazu brachte, den Pappbecher so fest zu drücken, dass sich das heiße Getränk auf ihre Hose entleerte. Das zweite Beinkleid in zwei Tagen war damit ruiniert.

Die Peniskuchenattacke hatte ganz offensichtlich keine Wirkung gezeigt. Denn der verfluchte Reporter von gestern hatte es tatsächlich gewagt, einen seiner Schnappschüsse von ihr abzudrucken. Das Foto zeigte sie just in dem Moment, als ihr Wurfarm die Küchlein in Richtung des Wagenfensters schleuderte. Mit vor Wut verzerrtem Gesicht, was nicht gerade vorteilhaft aussah.

Eine saftige Klage würde ihm ins Haus flattern, da er das Foto ohne ihre Genehmigung verwendet hatte, doch Emma hatte keinen Zweifel daran, dass er ganz gut daran verdient hatte. Und als wäre das nicht schon schlimm genug, brachte der Text darunter Emma erst recht zur Weißglut.

Wütende Bäckerin attackiert Reporter mit Genitalbackwaren

Von L.

Der Mord am Lieblingsmoderator Deutschlands, dem allseits beliebten Benedikt Diebenkorn, sorgte bereits gestern für Schlagzeilen. Diebenkorn war am Donnerstag in einer Bäckerei, dem Schauplatz einer Episode seiner neuen Dokureihe »In 80 Bäckereien um die Welt«, unter mysteriösen Umständen tot aufgefunden worden. Gerüchte über seine Liebschaften, finanzielle Verwicklungen und illegale Wettgeschäfte sowie seine gesundheitliche Lage hatten dem Moderator in den Tagen und Wochen vor seinem Tod schwer zugesetzt.

Während sich nun alle fragen, wer die schreckliche Tat wohl begangen hat, versuchte unser Reporter René Loser, der Bäckerin auf den Zahn zu fühlen, in deren Kühlschrank die Leiche des prominenten Todesopfers entdeckt wurde. Emma W., 32, eröffnete ihre Bäckerei vor ungefähr zwei Jahren (wir berichteten). Als Spezialgeschäft für erotische Backwaren hat sich der Laden in dieser Zeit einen Namen gemacht und viele Kunden aus verschiedensten Gesellschaftskreisen sowie schließlich die Macher hinter der neuen Sendereihe von Benedikt Diebenkorn angelockt. Die Eigentümerin selbst scheint den aktuellen Medienrummel wenig begeistert aufzunehmen, denn als wir sie mit Fragen zu dem Mord konfrontierten, attackierte sie unseren Reporter mit kleinen Kuchen in der Form männlicher Genitalien. Obwohl der Journalist von

einer Klage wegen versuchter Körperverletzung absieht, ist anzunehmen, dass der Ruf von Emma W. sich nach diesem Angriff noch weiter verschlechtern wird. Bereits seit längerer Zeit werden Stimmen laut, die den Verkauf von erotischen Backwaren als anrüchig anprangern und einen Imageverlust für die Region befürchten. Besonders Gemeinderätin und Aktivistin Carlotta Münster, die sich für das Wohl und die Erziehung von unterprivilegierten Kindern einsetzt, geht mit dem Geschäftsmodell der erotischen Bäckerei scharf ins Gericht.
Wie sich die aktuellen Ereignisse auf das Geschäft der Bäckerin auswirken und ob sich der Mord an Moderator Benedikt Diebenkorn aufklären wird, bleibt abzuwarten.

Ohne es zugeben zu wollen, wusste Emma genau, dass der Mord an Benedikt Diebenkorn ihrem Geschäft irreparable Schäden zugefügt hatte. Die Bestellungen, von denen sie ihrem Bruder gestern erzählt hatte, waren inzwischen storniert worden. Außerdem gab es abgesehen von ein paar regelmäßigen Lieferungen und Cateringaufträgen, die immer noch Bestand hatten, einen Einbruch bei den Neubestellungen, der ihr gar nicht gefiel. In nächster Zeit rechnete sie nicht mit sehr viel Umsatz. Da sie aber ohnehin einen neuen Kühlschrank besorgen musste, kamen ihr ein paar freie Tage durchaus gelegen. Es sollten nur besser nicht zu viele werden.

Die Maisonne und die frische Brise, die an diesem herrlichen Morgen durch die Straße wehte, versöhnten Emma ein wenig mit dem erzwungenen Urlaub, doch wenn man auf ein Team Tatortreiniger wartete, brauchte es wohl mehr, um jemanden aufzuheitern, wenn nicht gar ein Wunder.

Immerhin schien Hendrik gute Erfahrungen mit der Tatortfirma gemacht zu haben. »Die empfehle ich immer, wenn mich jemand fragt. Die machen ihren Job echt penibel und gut«, hatte er ihr am Vorabend erklärt. Und penibel und gut war genau das, was Emma brauchte. Schließlich würde sie eine Untersuchung des Gesundheitsamtes über sich ergehen lassen müssen, bevor man ihr wieder erlauben würde, in einer Küche zu backen, in der eine Leiche gefunden worden war.

Emma fröstelte, als sie auf einmal im Schatten saß und die Sonne nicht mehr ihre Nase kitzelte. Ein großer grauer Transporter war vorgefahren, und drei Menschen, alle in identische Schutzanzüge gekleidet, stiegen aus.

Sie wollte gar nicht genau wissen, was es für Gerätschaften waren, die die zwei Männer und eine Frau aus dem Transporter luden und in ihre Küche trugen, also ging sie nach der Begrüßung in das kleine Büro gleich neben der Ladentheke und beschloss, sich des Papierkrams anzunehmen, der schon ewig auf ihrem Tisch verrottete. Bevor sie sich setzte, warf sie noch einen sehnsüchtigen Blick in Richtung ihrer Treppe und freute sich darauf, bald wieder die Nächte in ihrem eigenen Bett zu verbringen. Jetzt schon einzuziehen, ehe das Gesundheitsamt die Küche abgenommen hatte, wäre zwar möglich, aber sie wollte es nicht. Ein paar Tage mehr bei Hendrik würden sie nicht umbringen.

Emma ignorierte die Saug- und Wischgeräusche aus der Küche und widmete sich stattdessen ihrer Buchhaltung, doch ihre Gedanken wanderten immer wieder zu Benedikt.

Wieso er? Wieso hier? Und vor allem: Wie? Ihr Bruder schien es zu wissen, lehnte es aber strikt ab, irgendwelche Informationen mit ihr zu teilen. Erstens durfte er nicht, und zweitens, da war sie sich sicher, wollte er nicht.

»Emma?«

Die schüchterne und zurückhaltende Stimme von Leyla Fuchs hatte sich in den letzten Tagen nicht verändert. Sie war auch heute wieder in ein buntes Kleid geschlüpft und wirkte klein und zart wie eine Porzellanpuppe.

»Hey. Komm doch rein«, begrüßte Emma sie und bot ihr einen Sessel an.

Leyla nahm Platz und sah sich um. Sie war während der Dreharbeiten nicht hier drin gewesen, und viel gab es ohnehin nicht zu sehen. Die Wände waren vollgestellt mit Regalen, in denen Ordner verstaut waren und alte Rechnungen Staub ansetzten. Das einzige Bücherregal, aus dem sie regelmäßig etwas herauszog, war das über ihrem Schreibtisch, in dem ihre kleine Sammlung an Kochbüchern stand. Vor dem Fenster hingen zwei verschiedenfarbige Vorhänge, einer in Blau, einer in Weiß. Emma war bis jetzt nicht dazu gekommen, sich ein ordentliches Paar zu besorgen.

»Wie ich sehe, haben die Aufräumarbeiten schon angefangen«, begann Leyla zaghaft.

»Ja«, antwortete Emma. »Aber es wird noch eine Weile dauern, bis ich wieder anfangen kann zu backen. Und wohnen werde ich solange bei meinem Bruder.«

»Das wird Otto nicht gern hören«, erklärte Leyla. »Er wollte so gern noch ein paar Punschmöpschen haben.«

Emma sah Leyla an, dass ihr eigentlich etwas ganz anderes auf der Zunge lag. Sie hatte sie während der gesamten Dreharbeiten nicht so nervös erlebt. Leyla war ständig in Bewegung gewesen, wie ein Kolibri, ohne dabei dem Rest der Crew im Weg zu sein. Geschäftig, aber nicht aufgeregt. Emma entschied, ihr etwas entgegenzukommen, und stocherte nach Informationen, in der Hoffnung, auf das Thema zu treffen, welches Leyla mit ihr besprechen wollte.

»Sag doch mal, wie ist die Lage? Habt ihr schon Anweisungen vom Sender aus Deutschland?«

Das schien den Nagel bereits auf den Kopf getroffen zu haben. Leyla biss sich auf die Unterlippe und kaute darauf herum, ehe sie enttäuscht antwortete: »Die Sendung wurde auf Eis gelegt, es wird erst mal ein neuer Moderator gesucht. Das Studio hat alle weiteren Drehtermine auf unbestimmte Zeit verschoben, und wir sollen so schnell es geht nach München zurückfahren. Selbst wenn wir irgendwann einen Ersatzmoderator bekommen, ist nicht sicher, ob wir das Format wieder aufnehmen werden.«

Für Leyla waren das schlimme Neuigkeiten, da sie mit der Arbeit beim Sender, so wusste Emma, gerade erst begonnen hatte. Doch für Viktoria musste das eine absolute Hiobsbotschaft sein.

»Tja, wenigstens können sie euch nicht die Schuld an dem Desaster geben«, sagte Emma tröstend. Doch es half nicht viel.

»Sie tun es trotzdem.« Leyla lächelte bitter. »Wir hatten den Auftrag, Benedikt im Auge zu behalten. Er hat sich gern in fremde Betten manövriert, wenn du weißt, was ich meine.«

Ah, das Ekelpaket war außerdem ein Casanova. Die Klatschpresse schien die Wahrheit gesagt zu haben.

Emma klappte ihren Laptop zu und bettete ihr Kinn auf ihre Hände. »Wie fühlst du dich dabei?«, hörte sie sich fragen.

Mit einem plötzlichen Tränenausbruch hatte sie nicht gerechnet. Leyla fing von einer Sekunde auf die andere an zu hyperventilieren. Unter Schluchzen und Keuchen durchnässten Krokodilstränen unaufhaltsam ihren Schoß. Emma konnte kein Wort verstehen.

Ach du meine Güte, dachte Emma überrascht und

hielt ihr zögernd eine Taschentuchbox hin, die mit zügigen Bewegungen geleert wurde. Minutenlang konnte sie nichts anderes hören als Geheul und Geschnäuze. Nach einer Weile schien es besser zu werden.

»Entschuldige bitte. I-ich hab erst jetzt wirklich verarbeitet, dass … dass …« Die Hormonschleuder in Leylas Körper wollte schon wieder den Motor anschmeißen. Emma versuchte, das Schlimmste zu verhindern.

Sie nahm die Hände der jungen Frau in ihre und sah sie an. »Ah, ah … nicht wieder anfangen zu weinen! Ganz ruhig. Tief atmen.«

Leyla holte tief Luft.

»Und ausatmen.«

Stockend atmete sie aus.

»Und noch mal. Beruhige dich.«

Leylas Atmung normalisierte sich, und ihr Brustkorb hob und senkte sich langsam wieder gleichmäßiger. Die kleine Panikattacke schien vorbei zu sein.

»Ich weiß gar nicht, wieso ich so traurig bin«, erklärte sie schluchzend, zog ihre Hände weg und griff nach dem Knäuel an Taschentüchern, das sie auf Emmas vollgepackten Schreibtisch hatte plumpsen lassen. Sie rieb sich die Tränen von den Wangen. Ihr Gesicht war aufgedunsen und gerötet, trotzdem sah sie immer noch aus wie ein wunderschönes Püppchen. »Ich hab ihn ja nicht mal gemohooohoooooooocht!«

»Bist du dir da sicher?«, fragte Emma nach. Ihr war zwar bewusst, dass Benedikt Leyla bei der Arbeit wie Dreck behandelt hatte, aber ihr waren auch die klammheimlichen Blicke nicht entgangen, die Leyla dem Moderator zugeworfen hatte, wenn sie sich unbeobachtet glaubte. Benedikt hatte außerdem in jeder freien Minute mit Leyla geflirtet, allerdings nur, um sie wenige Atemzüge später wieder zu erniedrigen.

Emma war sich sicher, Leyla hätte ausgepackt, hätte nicht in diesem Moment ihr Telefon geklingelt und ihre Zunge im Zaum gehalten.

»'llo?«, nuschelte sie und schnäuzte sich erneut. »Ja, ich bin bei ihr.«

Der Anrufer schien die Unterhaltung voll im Griff zu haben, denn mehr als ein gelegentliches »Hmm« und schließlich »Okay« war von Leyla nicht mehr zu hören.

Sie reichte das Handy an Emma weiter. »Es ist Viktoria. Darf ich hochgehen und mich bei dir ein wenig frisch machen?«

Emma nahm das Telefon an sich und nickte. Leyla hatte schon einmal ihr Badezimmer im oberen Stock benutzt, als Benedikt die Gästetoilette im Erdgeschoss blockiert hatte, also wusste sie, wohin sie zu gehen hatte. Sie huschte zur Treppe und nach oben in die Wohnung, während Emma das Handy an ihr Ohr legte. »Hallo, Viktoria.«

»Emma-Schätzchen. Leyla belästigt Sie doch nicht etwa?« Die Aufnahmeleiterin klang wie immer ausgelaugt und gestresst.

»Aber nein«, entgegnete Emma. »Sie ist nur etwas durch den Wind, das ist alles.«

»Das sind wir alle. Hören Sie mal, wir haben uns überlegt, dass wir Sie gern zum Essen ausführen würden. Ohne uns wären Sie ja schließlich nicht in dieser Lage, und wir haben bis zu unserer Abreise nichts weiter zu tun, also sollten wir das Beste daraus machen. Außer Spesen nichts gewesen. Ich gebe zwar Benedikt die volle Schuld an allem, aber den kann ich ja leider nicht mehr zwingen, die Rechnung zu bezahlen.«

Emma freute sich darauf, Otto wiederzusehen, und willigte ein. Außerdem gab es, so ließ Viktoria durchblicken, noch etwas Wichtiges zu besprechen. Sie verabredeten sich für den nächsten Tag, und Emma legte auf.

Wie aufs Stichwort kam Leyla wieder zurück. Sie sah zwar immer noch verweint aus, auf Emma wirkte sie jedoch wie eine zuckersüße kleine Heulboje.

»Wir gehen morgen anscheinend alle zusammen zum Abendessen«, erklärte sie und gab Leyla das Handy zurück.

Die Neuigkeiten schienen Leyla ein bisschen aufzumuntern, sie lächelte. Dann wechselte sie das Thema. »Ich bin eigentlich hergekommen, weil ich dich um etwas bitten wollte«, erklärte sie. »Der Sender erwartet, dass wir jederzeit zur Abreise bereit sind. Als ich gestern meinen Kostümkoffer gepackt habe, ist mir aufgefallen, dass ein teures Anstecktuch von Benedikt fehlt. Ich glaube, ich habe es in deiner Küche vergessen.«

Emma wollte auf keinen Fall, dass Leyla Schwierigkeiten bekam, und ging mit ihr zur Küche, wo immer noch die Tatortreiniger arbeiteten. Sie streckten nur vorsichtig die Köpfe zur Tür herein, da sie den nassen Boden nicht betreten wollten.

Leyla runzelte die Stirn. »Der Kühlschrank ist ja weg.«

»Jep. Anscheinend soll man die Dinger nicht mehr benutzen, wenn mal eine Leiche drin war«, erklärte Emma trocken und winkte, um die Aufmerksamkeit der Frau im Schutzanzug auf sich zu ziehen.

»Ja?«

»Tut mir leid, dass wir euch bei der Arbeit stören. Ihr habt nicht zufällig ein teures Anstecktuch gefunden?«, fragte sie, aber die Frau schüttelte den Kopf.

»Wäre mir aufgefallen, ich hab alles inspiziert. Wenn du nicht die Geschirrtücher meinst, ist es nicht hier.«

»Da kann man wohl nichts machen«, sagte Leyla enttäuscht. »Was tust du denn jetzt ohne Kühlschrank?«, erkundigte sie sich.

Emma schloss die Tür und überließ die Tatortreiniger

wieder ihrer Arbeit. »Keine Bange. Ich hab schon einen neuen bestellt. Und bis dahin mach ich Urlaub. Kriegst du jetzt Ärger wegen des Anstecktuchs?«

»Da es von Louis Vuitton ist, schon ein bisschen«, entgegnete Leyla seufzend.

Emma überlegte kurz. »Vielleicht hat die Spurensicherung es mitgenommen. Ich kann mal meinen Bruder fragen.«

Leyla schüttelte entschlossen den Kopf. »Nicht nötig, mach dir bitte keine Umstände. Wenn die Polizei es hat, soll sie es behalten.«

Neun

»Müsst ihr beide euch auf meiner Couch so breitmachen?«, nörgelte Hendrik und versuchte sich auf dem Polstermöbel in seinem Wohnzimmer einigermaßen bequem zu drapieren, ohne sich ein Gelenk auszukugeln.

Die moderne Couchlandschaft mit Bettfunktion unterschied sich fundamental von Emmas geblümter Couch in ihrer eigenen Wohnung. Vor allem bot sie viel mehr Platz. Trotz allem schien es unmöglich, halbwegs gemütlich zu dritt darauf zu sitzen, wenn ein Hüne wie Hendrik den Großteil für sich beanspruchte.

Emma fand den Anblick ihres Bruders, der krampfhaft bemüht war, nicht mit Melanie in Berührung zu kommen, überaus amüsant. Vor allem, weil Mel ihrerseits immer näher an ihn heranrückte, zentimeterweise und wahrscheinlich auch unbewusst.

»Du bist einfach zu groß«, entgegnete sie, stand auf und kam mit einer Schüssel Popcorn und drei Flaschen Bier zurück ins Wohnzimmer. Sie beschloss, sich im Schneidersitz auf dem Fußhocker niederzulassen, um den beiden mehr Raum zu geben, stellte die Popcornschüssel auf den Tisch und reichte beiden ein Bier.

»Ah, Drehverschlüsse«, lobte Melanie und schraubte den Blechdeckel ab. »Die Freunde meiner frisch manikürten Nägel.« Sie nahm einen Schluck.

»Du hast uns immer noch nicht gesagt, was wir uns ansehen«, erinnerte Emma ihren Bruder.

Der griff zur Fernbedienung und wechselte eine

Weile die Kanäle, ehe er den richtigen Sender gefunden hatte. »Eine Reportage über Benedikt Diebenkorn«, antwortete er. »Ich übersehe irgendwas. Und ich hasse es, wenn ich etwas übersehe.«

Emma musste husten und spuckte in einem feinen Sprühregen einen Schluck Bier in seine Richtung. Melanie stöhnte.

»Muss das sein? Den ganzen Tag hab ich mir über den Kerl den Kopf zerbrochen, und jetzt soll ich ihn mir auch noch im Fernsehen anschauen?«

»Ja, allerdings. Wenn ich schon glückliches Wildschwein spielen und mit der Nase im Boulevarddreck wühlen muss, seid ihr beiden Süßen bitte mit dabei«, entgegnete Hendrik und sah angewidert auf sein vollgesabbertes T-Shirt. Er nahm sich eine Handvoll Popcorn und lehnte sich zurück. Emma hob angesichts des Schweinekommentars nur fragend die Augenbrauen. »Ich will diesen Fall so schnell es geht vom Tisch haben. Ich mag es nicht, wenn ein Bild von dir an meiner Mordwand hängt«, erklärte Hendrik nachdrücklich.

»Ooooch …«

»Ruhe, es geht los.«

Eine ausgehungert wirkende Moderatorin mit Doppel-D-Oberweite betrat in viel zu hohen Stöckelschuhen das digitale Studio. Es war sehr simpel ausstaffiert. Ein einfacher Tisch, ein bequemer Stuhl, auf dem nie jemand saß, und ein Hintergrund in Rot, passend zum Logo. Sie trug einen dunkelblauen Rock und eine weiße Bluse, die jeden Moment zu platzen drohte, hielt ihre knallroten Moderationskärtchen so, dass sie keinen Zentimeter ihres Ausschnitts verdeckten, und lächelte in die Kamera.

»Meine Güte, wer hat die Frau denn angezogen?«, maulte Melanie und nahm einen Schluck aus ihrer Flasche. »Da tun einem ja die Augen weh. Hat die keine Angst, dass die Bluse explodiert und der Knopf jemanden umbringt?«

»Hey, du hast hier kein Mitspracherecht, Süße. Du glaubst nicht, wie schwer es ist, ordentliche Klamotten zu finden, wenn man solche Dinger verpacken muss«, entgegnete Emma und zupfte an ihrem eigenen T-Shirt. Sie dankte den Göttern jeden Tag, dass sie sich nicht mit noch größeren Brüsten herumschlagen musste.

»Mädels, Mädels. Darf ich bitte zuhören?« Hendrik hüstelte verlegen und hoffte offenbar auf einen Themenwechsel, der Röte seines Gesichts nach zu urteilen.

»Guten Abend und herzlich willkommen zu ›Aktuell‹. Das sind heute unsere Themen: Eine werdende Mutter beschwört, ein Geist habe sie geschwängert. Kann das wahr sein? Und ist bio heutzutage wirklich noch bio? Oder müssen wir unsere Milch mittlerweile direkt aus der Zitze trinken?«

»Sorry, Bruderherz. In der Sendung scheint es auch nur um Titt–«

»Wie kann diese Frau weiterlächeln, während sie das Wort ›Zitze‹ sagt? Hat man der das falsche Lächeln angetackert?«, fiel Melanie Emma ins Wort, während die Moderatorin unbeirrt weitersprach.

»Doch zuerst wenden wir uns dem Schwerpunkt dieser Sendung zu. Der Tod meines Kollegen Benedikt Diebenkorn hat in der deutschsprachigen Medienwelt in den vergangenen Tagen für Furore gesorgt.« Sie setzte eine betroffene Miene auf, die so falsch war wie ihr Barbie-Lächeln. Ein offizielles, professionell erstelltes Foto von Diebenkorn wurde eingeblendet. Seine zahnfeegeprüften Zähne blitzten ganz Deutschland, Österreich und der Schweiz entgegen. Auf der Aufnahme trug er einen schwarzen Anzug und eine olivgrüne Krawatte, dazu eine goldene Krawattennadel. Seine Arme waren vor der Brust verschränkt. »Der beliebte Moderator starb im Alter von einundvierzig Jahren in Oberösterreich während der Dreharbeiten zur fortlaufenden Produktion ›In 80 Bäckereien um die Welt‹. Er galt als einer der begehrenswertesten Singlemänner der Medienbranche und moderierte sowohl Sendungen, in denen Steuerhinterzieher ausgeforscht und Kriminelle gefasst wurden, wie auch Formate, in denen einsame Herzen zueinanderfanden.«

Emma beugte sich auf ihrem Hocker vor, um nichts zu verpassen. Mit jedem Foto, das eingeblendet wurde, mit jedem Wort, das den Mann näher beschrieb, wurde ihr unwohler.

Benedikt Diebenkorn hatte in ihrer Küche den Tod gefunden, man hatte ihn in ihren Kühlschrank gestopft. Doch die Presse lobte ihn hoch. Warum brachte man einen Mann um, der so begehrt war? Der so gefeiert wurde? Eine Antwort auf diese Frage lieferte die Moderatorin nur wenige Sekunden später.

»Doch hinter der Kamera scheint Diebenkorn ein völlig anderer Mensch gewesen zu sein. Wie sich jetzt herausstellt, besuchte er regelmäßig einen Therapeuten in seiner Heimatstadt Berlin, um seine Aggressionen zu zügeln. Menschen, die mit ihm gearbeitet haben, bezeichnen ihn als Monster. Doch was davon ist wahr, was ist nur ein Gerücht? Wir sind den Vorwürfen auf den Grund gegangen.«

Hendrik stellte sein Bier auf dem Tisch ab und verrenkte sich, um an seine Tasche zu kommen. Er zog seinen Notizblock heraus und machte sich bereit, alles aufzuschreiben, was wichtig sein konnte. Ganz oben auf dem Zettel notierte er in großer krakeliger Schrift das Stichwort »Aggressionstherapie«.

Der Einspieler war ein Zusammenschnitt von Aussagen aus verschiedenen Interviews der letzten Jahre, von oder mit Benedikt Diebenkorn geführt, in seinen eigenen Sendungen, bei öffentlichen Auftritten oder bei Talkshows, in denen er Gast gewesen war.

Emma saß gebannt vor dem Bildschirm. Obwohl sie den Typen nicht hatte leiden können, hatte er etwas an sich gehabt, das einen wie magisch anzog, sobald er im Fernsehen den Mund aufmachte.

Eine wackelige Kameraeinstellung zeigte Diebenkorn mit einer unbekannten Blondine am Arm auf einem roten Teppich. Das eingeblendete Datum zeigte, dass es Aufnahmen von vor zwei Jahren waren.

»Herr Diebenkorn, Sie sind heute Abend beim Deutschen Fernsehpreis in der Kategorie ›Beste Moderation‹ nominiert«, erklärte eine gesichtslose Stimme. »Wie schätzen Sie Ihre Chancen ein?«

Ihm wurde ein RTL-Mikro unter die Nase gehalten. Selbstredend hatte Diebenkorn die perfekte charmante Antwort parat.

»Natürlich bin ich aufgeregt«, antwortete er mit einem Augenzwinkern, »aber es sind neben mir noch weitere phantastische Kollegen nominiert. Jeder von ihnen hätte diese Auszeichnung verdient.«

Diplomatisch und höflich, dachte Emma und nahm einen Schluck von ihrem Bier. Doch als die gesichtslose Stimme die nächste Frage stellte, veränderte sich Benedikts Miene. Seine Stirn legte sich in Falten, er sah auf einmal verstört und wütend aus.

»Was sagen Sie zu den Gerüchten, dass Sie die Moderationsstelle, für die Sie heute nominiert sind, nur bekommen haben, weil Sie den Kollegen, der ursprünglich dafür vorgesehen war, beim Sender angeschwärzt haben?«

»Interessant«, murmelte Hendrik und kritzelte etwas auf seinen Block.

»Peeeiinliiiiich«, mokierte sich Melanie.

Benedikt Diebenkorn nahm die Hand seiner Begleiterin und zog sie weg, ohne eine Antwort auf die Frage zu geben.

Den Preis, das wusste Emma, hatte er an diesem Abend nicht gewonnen. Sie hatte mittlerweile die Popcornschüssel auf dem Schoß und konnte ihren Blick nicht vom Bildschirm lösen.

Die Sendung wühlte in Diebenkorns Privatleben wie ein Maulwurf in lockerer Erde und förderte Dinge zutage, die skandalös genug waren, um den Medienrummel weiter anzuheizen. Von verbalen Ausfällen gegen Reporter und Kollegen bis hin zu Klagen wegen sexueller Belästigung und Nötigung.

»Kein Wunder, dass du von Reportern nur so belagert wurdest. In Deutschland schien einiges zu laufen, von dem wir gar nichts wussten. Ich werde morgen am besten noch mal bei den Kollegen in Berlin anrufen.«

»Benedikt Diebenkorn hatte Mühe, sein angeknackstes Image wieder aufzupolieren. Mehr als einmal musste er sich vor Gericht verantworten. Die Richter entschieden allerdings in allen Fällen zu seinen Gunsten.«

»Pff, typisch«, knurrte Melanie.

»Zuzutrauen wäre es ihm«, meinte Emma und zerkleinerte Popcorn für Popcorn zwischen ihren Zähnen.

»Diebenkorns Karriere begann im Alter von zwanzig Jahren«, erzählte die Moderatorin weiter, als der Einspieler endete und ein Foto des jungen Moderators eingeblendet wurde. »Als neues, frisches Gesicht für einen Musiksender eroberte er die deutschen Fernsehbildschirme und wurde schon bald zur TV-Ikone Nummer eins. Seine Karriere war allerdings im Sinken begriffen, als er sich, durch seinen plötzlichen Ruhm auf einem ungeahnten Höhenflug, in den falschen Kreisen wiederfand und sich den Drogen zuwandte.«

Melanie schlug entsetzt die Hände vor die Augen. »Oh Gott! Mode aus den Neunzigern!«

Hendrik kritzelte den Vermerk »Drogenvergangenheit?« auf seinen Notizblock und unterstrich die Zeile. »Bedient dieser Mann denn jedes Klischee?«, fragte er verdrossen.

Emma enthielt sich einer Antwort. Sie wusste, er erwartete keine.

Die Barbie-Moderatorin erzählte jetzt von Diebenkorns diversen Aufenthalten in Entzugskliniken und Rehabilitationsprogrammen, während entsprechende Paparrazzifotos eingeblendet wurden, auf denen Diebenkorn nur noch wie ein Schatten seiner selbst aussah, ehe sie auf den Punkt seiner Karriere zu sprechen kam, als es ihm mit einunddreißig Jahren nach langer Abwesenheit auf den Fernsehschirmen gelungen war, bei einer Promi-Kochsendung Fuß zu fassen. Von diesem Moment an war es mit ihm wieder bergauf gegangen. Man hatte ihm die Moderation einer Late-Talk-Sendung übertragen, die vier Jahre lang erfolgreich lief, bis er sich schließlich dazu entschloss, einen Wechsel vorzunehmen und sich an dokumentarischen und künstlerischen Themen zu orientieren. Die erste Staffel der »In 80 … um die Welt«-Reihe war vor zwei Jahren über die Bildschirme geflimmert, als er die achtzig besten Restaurants der Welt für das Publikum entdeckt hatte. Danach hatte man sich auf die Suche nach den achtzig besten Bäckereien gemacht, die Produktion aber nicht mehr abschließen können. Ob die Dreharbeiten nach dem Mord an dem Moderator unter anderer Flagge weitergeführt werden würden, stand derzeit noch in den Sternen.

»Und nun fragen wir uns alle: Wie konnte es zu diesem Ereignis kommen? Ein Unfall, eine Intrige, eine alte Gewohnheit, die wieder aufgeflackert ist? Die Behörden in Österreich lassen nur wenige Informationen an die Öffentlichkeit durchsickern.«

Hendrik wurde blass und ließ seinen Stift fallen, als auf einmal sein Chef auf dem Bildschirm zu sehen war. Mit knappen Worten beschied er einen Reporter, die Information, nach der dieser offenbar gefragt hatte, unterliege der Geheimhaltung.

»Oh, hallo, Detlev«, sagte Emma und knabberte weiter.

»Oh Mist, Müller wird an die Decke gehen. Er hasst es, wenn man ihn im Fernsehen sieht«, sagte Hendrik dumpf. »Die Pressekonferenz ist nicht gerade rosig gelaufen, die haben ihn ständig unterbrochen und ihm Worte in den Mund gelegt.«

Emma traute sich nicht nachzufragen, was genau schiefgelaufen war.

Die vollbusige Moderatorin hatte noch nicht ihr letztes Wort gesprochen.

»Schlussendlich stellen wir uns aber die Frage, ob Benedikt Diebenkorns Tod etwas mit seiner Gesundheit zu tun gehabt haben könnte. In den letzten Monaten wurde er in Berlin mehrmals beim Betreten und Verlassen verschiedener Krankenhäuser beobachtet. Außerdem werden ihm schwerer Zigarettenkonsum und eine ausufernde Liebe zu Spirituosen nachgesagt.«

Emma runzelte die Stirn.

Krank hatte Benedikt auf keinen Fall ausgesehen. Schlecht gelaunt und absolut unfreundlich, ja, aber diese Launen hatte er wie das blühende Leben an seine Umgebung weitergegeben.

»Wusstest du davon?«, fragte sie Hendrik.

Ihr Bruder schüttelte den Kopf. »Nur gerüchteweise. Ich hab es erst mal für reinen Klatsch gehalten. Aber gleich morgen werde ich herausfinden, welche Wehwehchen den Mann wirklich geplagt haben.«

Zehn

»Süße, wenn du noch mehr Kaffee in dich reinschüttest, dann hast du bald Blutgruppe Arabica.«

»Halt die Klappe, Mel.«

Melanie verdrehte die Augen und wandte sich wieder der Zeichnung für ihre neueste Kollektion zu. Sie wusste, wenn Emma so schlecht drauf war, war es am besten, sie in Ruhe zu lassen.

Emma nahm direkt noch einen Schluck von dem braunen Teufelszeug.

Dabei mochte Emma Kaffee nicht einmal. Sie trank ihn, na ja, weil man ihn halt trank. Sie war nicht einer dieser Zombies, die morgens ohne Kaffee nicht in die Gänge kamen, aber in besonders stressigen Situationen half Tee nicht mehr. Da musste schwarzes Gold her.

Das Getränk, das viele Menschen für den Nektar des Lebens hielten, war für Emma allerdings die bittere Bohne der üblen Laune. Denn Kaffee hielt sie zwar wach, aber ihre Laune wurde niemals besser.

Came in last night at half past ten
That baby of mine wouldn't let me in
So move it on over
Move it on over
Move over little dog 'cause the big dog's moving in.

Seit dem Frühstück lief eine von Hendriks CDs von der Country-Legende Hank Williams. Ein vergeblicher Versuch, Emmas Laune zu heben. Melanie wippte im Takt der Musik und schwang ihren Bleistift, Emma hingegen sah, obwohl auch ihre Zehen mittanzten, schlecht gelaunt aus dem Fenster.

Der Grund für ihr Stimmungstief war diesmal nicht die desolate Schlafsituation – die hatte sich zumindest ein bisschen gebessert, seit Hendrik auf der Couch im Wohnzimmer nächtigte und ihnen das größere Bett in seinem Schlafzimmer überlassen hatte. Der Grund war das ständige Klingeln ihres Telefons. Irgendwie war ihre Telefonnummer, und zwar die ihres privaten Handys, in die Hände der Journalisten gefallen, und die ließen es sich nicht nehmen, Emma alle paar Minuten mit den nervigsten Fragen zu belagern.

She's changed the lock on my front door
My door key don't fit no more
So get it on over
Scoot it on over
Move over skinny dog 'cause the fat dog's moving in.

Außerdem hatte der Klatschreporter, dieser René Loser, sich eine neue Frechheit erlaubt. Einen Schlag direkt unter die Gürtellinie, für den Emma ihn mit Tausenden nicht jugendfreien Flüchen belegt hatte.

Er hatte über ihren Vater geschrieben.

Die nackte Wahrheit

Von L.

Die Polizei scheint bei der Aufklärung des Mordes an Benedikt Diebenkorn, beliebter TV-Moderator aus Deutschland, noch immer im Dunkeln zu tappen. Der Fernsehstar wurde vor einigen Tagen tot und halb gefroren im Kühlschrank der Backstube von Emma W. gefunden, einer

lokalen Zuckerbäckerin, die in Diebenkorns nächster Sendung einen Auftritt gehabt hätte. Die Bäckerin vermeidet jeglichen Kontakt mit der Presse, was wohl daran liegen mag, dass ihre Schürze nicht ganz so weiß ist wie angenommen.
Wir sind einem anonymen Hinweis nachgegangen und haben aus sicherer Quelle erfahren, dass der Vater von Emma W. vor zwölf Jahren wegen Einbruchs und Körperverletzung mit Todesfolge zu einer Freiheitsstrafe von 20 Jahren verurteilt wurde. Zu einer Stellungnahme, den Mord in der Bäckerei seiner Tochter betreffend, war der Mann, der seine Strafe derzeit im Gefängnis absitzt, nicht bereit. Die Bäckerin wiederum schweigt über ihren Vater. Hat seine kriminelle Vergangenheit auf Emma W. abgefärbt? Schweigt die junge Frau, um weitere Geheimnisse zu verbergen?
Auch die Polizei verweigert eine Stellungnahme, da Emmas Halbbruder, Kommissar Hendrik W., der an den Ermittlungen im Fall Diebenkorn beteiligt ist, angeblich keinerlei Verbindung zum Vater von Emma W. hat.
Wir berichten weiterhin über diesen bizarren Fall.

Die Zeitung lag zerknüllt irgendwo auf dem Boden der Wohnung. Hendrik hatte sie beim Frühstück gelesen und versucht, den Artikel heimlich verschwinden zu lassen, aber es war ihm nicht gelungen.

Er hatte nicht gewartet, bis die Zeitung unter Emmas geballten Fäusten zum Spielball wurde, den sie wütend durch die Wohnung kickte, sondern sich eilig aus dem Staub gemacht, um zur Arbeit zu fahren.

Etwas Gutes war heute allerdings auch passiert: Ihre Bestellungen waren wieder in die Höhe gegangen. Auch schlechte Publicity schien das Geschäft anzukurbeln, den E-Mails in ihrem Posteingang nach zu urteilen.

»Kommen deine Mitarbeiter eigentlich ohne dich klar?«, fragte Emma ihre Freundin, in der Hoffnung, auf andere Gedanken zu kommen. Sie ging vom Fenster weg, stellte den kalten Kaffee in die Küche und ließ sich neben Melanie aufs Sofa fallen. Ihr Blick folgte automatisch den Bewegungen von Melanies Hand, die an einer neuen Skizze gerade die letzten Striche setzte.

»Ein paar Tage auf jeden Fall. Zurzeit arbeite ich ohnehin viel von zu Hause aus. Ich feile schon an der Herbstkollektion. Sieh mal. Regencapes!«

»Süß.«

Melanie war berühmt für ihre ganz eigenen Designs, genau wie für ihre eigenartige Stoffverwertung. Eine kleine Notiz im rechten unteren Eck des Blattes verriet Emma, dass sie die Regenjäckchen wohl aus Duschvorhängen machen wollte. Warum auch nicht?

Ein ohrenbetäubendes Hupen ertönte unten auf der Straße. Melanie grinste nur, aber Emma lief aufgeregt zum Fenster. Sie kannte dieses Hupen. Aber das konnte nicht sein. Man hatte ihr gesagt, es würde noch mindestens eine Woche dauern …

»Mein Baby!«, rief Emma und eilte zur Tür hinaus, die Treppen hinunter und auf den Gehsteig. Völlig euphorisch sprang sie zur Seite ihres schwarzen VW-Busses und küsste ihr limettengrünes »Lust & Sahne«-Logo. Der Motor schnurrte wie ein Kätzchen, bis er plötzlich abgestellt wurde. Dieses Geräusch hatte Emma mehr vermisst als alles andere.

»Du schuldest mir was«, erklärte Hendrik, nachdem er ausgestiegen war, und warf Emma die Schlüssel zu. »Ich habe denen ein bisschen was extra bezahlt, damit sie dein Baby über Nacht reparieren. Dafür muss mein Wagen noch etwas warten.«

»Gib's zu, du willst einfach nur ein bisschen länger mit deinem schicken Leihauto rumdüsen«, scherzte sie, lief dabei einmal um ihren Lieferwagen herum und strahlte vor Freude. »Oh, mein Schatz, ich hab dich vermisst!«, flötete sie und stieg hinten in den Laderaum ein.

Alles war vorbereitet, glänzte, war sauber. Der Kühlschrank wartete darauf, eingeräumt zu werden, die Herdplatten und der Ofen waren betriebsbereit, es konnte direkt wieder losgehen.

»Ich liebe dich, du verrückter Wikinger!«, rief Emma ihrem Bruder zu und hüpfte aus dem Auto, um ihn zu umarmen.

Er lachte und erwiderte die Umarmung. »Kein Problem, Schwesterherz. Jetzt muss ich aber los, ich sollte schon längst auf dem Revier sein. Versuch, dich nicht zu sehr über die Zeitung zu ärgern.«

Emma nickte. »Weißt du, was mich aufheitern wird? Eine kleine Rundfahrt.«

♥

»Emma, es ist rot.«

Keine Reaktion.

»Emma, rot! *Rot, ROOOOOOOOOOOOOOOOOT!*«

Melanie krallte sich an ihrem Gurt fest und wurde durchgerüttelt, als Emma den Kleinbus mit einem Tritt auf die Bremse zum Stehen brachte.

Wenn es eines gab, bei dem sich die beiden Freundinnen nicht einig waren, dann war das die Antwort auf die Frage, ob Emma eine gute Autofahrerin war oder nicht.

Melanie würde die Frage definitiv verneinen, da sie jedes Mal Todesängste ausstand, wenn ihre Freundin mehr als fünfzig Stundenkilometer fuhr. Emma hingegen würde die Frage voller Überzeugung mit Ja beantworten, weil sie noch nie einen Unfall gebaut hatte, trotz ihrer ruppigen und krassen Fahrweise. Sie war, und das gab sie offen zu, auf der Straße eine Rampensau.

»Jetzt hab dich nicht so. Ich hab mein Baby grade erst wiederbekommen, ich muss es ausführen! Es will sich bewegen, es will Action.«

»Nicht auf der B 3 neben der verfluchten *Donau*, neben einer *Klippe*!«, quiekte Melanie, als Emma bei Grün wieder aufs Gas trat. Sie saß blass auf dem Beifahrersitz, um ihr Leben zitternd, während Emma ihren Bus gut gelaunt im Sonnenschein an der Donau entlangsteuerte. Es ging nach Grein, einen der ältesten und schönsten Orte Oberösterreichs, ein Ziel für viele Radfahrer, Touristen, Bootsfahrer und Urlauber.

Nur wenige Stunden nachdem das »Lustmobil« zu seiner Besitzerin zurückgekehrt war, hatte Emma das Auto mit frisch gebackenen Köstlichkeiten beladen und beschlossen, einen ihrer absoluten Lieblingsplätze für den Verkauf wie auch privat zum Ziel ihrer Ausfahrt zu machen. Grein lag idyllisch an der Donau, war umgeben von Wald und Hügeln und geprägt vom Charme des altertümlichen Österreich. Der Marktplatz beherbergte einige Hotels, Geschäfte und eines der ältesten Stadttheater Europas. Und Emma hatte es irgendwie geschafft, eine Genehmigung zum Verkauf ihrer Backwaren in diesem Ort zu bekommen. Wie, wusste sie bis heute nicht, aber der Geschmack ihrer Leckereien schien das Komitee damals überzeugt zu haben.

Heute wollte sie das »Lustmobil« am Pier abstellen und ihre Backwaren an vorbeifahrende Radler auf dem Donauradweg, Bootsfahrer und Touristen verkaufen.

Das Fenster hinuntergekurbelt und den linken Arm hinausgelehnt, genoss Emma es, die Landschaft ihrer Heimat zu durchqueren.

Der mobile Verkauf ihrer Backwaren mit dem Auto war eine phantastische Alternative zur Monotonie der Bäckerei. Natürlich war es immer ihr Traum gewesen, ein eigenes Ladengeschäft zu eröffnen, aber hin und wieder rauszukommen, die Perspektive zu wechseln, Festivals zu besuchen und neue Leute zu treffen – das hätte Emma auf keinen Fall missen wollen.

Allmählich meldete sich der Sommer an. Die Bäume blühten noch, die Blätter glänzten in ganz frischem Maigrün, und eine warme Brise wehte den Spaziergängern um die Nase. Emmas schlechte Laune war dank der Überraschung ihres Bruders wie weggeblasen. Allerdings war fraglich, ob sie nach dem Ungemach des Vormittags und den vielen Litern Kaffee, die sie dadurch intus hatte, heute Nacht Schlaf bekommen oder ins Grübeln zurückfallen würde.

Emmas Vater war sowohl für sie als auch für ihren Halbbruder ein heikles Thema. Emmas Vater war nämlich alles, was Hendrik und Emma nicht waren oder sein wollten. Ein Verbrecher, ein Lügner, ein schlechter Mensch. Die Art und Weise, wie er mit ihrer Mutter und manchmal auch mit ihnen umgegangen war, hatte beim jungen Hendrik den Wunsch geweckt, Menschen wie seinen Stiefvater hinter Gitter zu bringen.

Emma und Hendrik waren damals, als der Mann wegen seiner zahlreichen Verbrechen für Jahre im Gefängnis gelandet war, zwar jung und anfangs verwirrt, aber wenig überrascht gewesen. Nur Marla hatte bis zum Ende des Prozesses nicht wahrhaben wollen, dass Emmas Vater ein Taugenichts war. Melanie und ihre Eltern, die immer noch in dem kleinen Ort in Oberösterreich wohnten, in dem sie alle aufgewachsen waren, hatten immer ein offenes Ohr und eine offene Tür für die Geschwister gehabt, Letzteres insbesondere dann, wenn den beiden das Gezanke und das Trinken der Eltern zu viel geworden war. Und als es zum Prozess gekommen war, hatten sie ihnen den Rücken gestärkt, bis die Sache ausgestanden war.

Was René Loser über ihren Vater herausgefunden hatte, war zwar nicht viel, und der Artikel war kurz gewesen, aber die Doppelseite zierten noch weitere Berichte mit Statistiken über die Verbrechen der letzten Jahre, die natürlich indirekt ebenfalls auf Emmas Vater verwiesen. Für Melanie war es einfach nur eine belanglose Zusammenstellung von Zahlen gewesen, aber Emma hatte zwischen den Zeilen lesen können.

Und damit noch nicht genug. Der Reporter hatte seinem Chefredakteur sicherlich ordentlich Honig ums Maul geschmiert, denn kaum hatte man umgeblättert, las man ein Interview mit einem bekannten Kriminalpsychologen darüber, wie sich die Kriminalität von Eltern auf die Taten und Lebensläufe ihrer Kinder auswirkte. Wie oft konnte man bestimmte Charakterzüge, die mit schlechtem Verhalten in Verbindung gebracht wurden, bei Kindern mit kriminellen Eltern finden, wie oft bei denen, die in »normalen« Familien aufwuchsen?

Das Interview hatte geklungen, als hätte der Reporter die Antworten des Psychologen beschnitten und aus dem Kontext gerissen, um sie in seinem Sinne wieder zusammenzufügen. Nicht gerade die Quintessenz journalistischer Ethik. Aber das war egal, für Emma jedenfalls. Es war kaum abzusehen, wie viel Schaden dieser Artikel auf ihr Geschäft ausüben würde. Und auf Emma selbst.

Melanie wurde erneut in den Gurt geworfen, als Emma brutal auf die Bremse trat, den Motor abschaltete und die Handbremse anzog. Sie waren da.

»So, dann bringen wir mal ein paar essbare Genitalien unter die Leute.« Emma sprang motiviert aus dem Bus und warf die Tür hinter sich zu. Melanie folgte nach.

Die Donau strömte an ihnen vorbei, und eine frische Brise wehte durch die Bäume. Touristen und Radfahrer blieben interessiert stehen, als Emma die große umgebaute Schiebetür des VW-Busses nach oben schob und die integrierte Stahltheke zum Vorschein kam. Sie sicherte die Tür, sodass sie nicht zufallen konnte, stellte eine kleine Tafel auf den gepflasterten Weg und fing an, mit Kreide die Preise ihrer Backwaren aufzuschreiben. Die Backwut für traditionell Österreichisches hatte sie gepackt, also stand auf dem Schildchen: »Heute frische Kipferl im Angebot«. Melanie krabbelte unterdessen durch den Kofferraum in den Verkaufsraum des Busses und band sich eine Schürze um. Bis heute war sie stolz darauf, das Logo und die Schürzen designt zu haben.

Die Kaffeemaschine erwachte mit einem Knopfdruck zum Leben und zermalmte frische Kaffeebohnen zwischen den Scheiben ihres Mahlwerks. In wenigen Minuten würde sie die richtige Betriebstemperatur erreicht haben, um Emmas Gäste mit einem Koffeinkick für die Weiterreise zu versorgen.

Als Emma gerade zu Melanie in den Foodtruck steigen wollte, vibrierte ihr Handy in ihrer hinteren Hosentasche. Ein Blick auf das Display zauberte ihr ein Lächeln ins Gesicht, und sie nahm das Gespräch an.

»Du schuldest mir was«, sagte eine Männerstimme am anderen Ende der Leitung.

»Ich weiß, Jörg, ich weiß. Aber reicht denn meine bedingungslose Liebe nicht?«, entgegnete Emma kokett. Sie wusste aber genau, dass sie den Gefallen, den ihr Freund beim Gesundheitsamt ihr getan hatte, mit mehr als nur einem Gegengefallen wieder wettmachen musste.

»Deine Bäckerei ist jetzt wieder offiziell für den Betrieb zugelassen. Ich habe mir alles angesehen, und ich glaube, so sauber war deine Küche noch nie. Ich hab den Schlüssel wie besprochen im Briefkasten deponiert.«

Das waren phantastische Neuigkeiten. Jörg war einer von Emmas ersten Kunden und von ihrer Geschäftsidee so begeistert gewesen, dass er sich rasch zum regelmäßigen Besucher im »Lust & Sahne« entwickelt hatte. Seither waren die beiden gut befreundet, doch Emma hatte ihn noch nie darum gebeten oder bitten müssen, seinen Job zu ihren Gunsten auszuüben – was bedeutete, die Begutachtung ihrer Bäckerei bevorzugt in seinen stets übervollen Terminkalender zu packen, damit sie rasch wieder an die Arbeit gehen konnte. Sie schuldete ihm wirklich etwas.

»Danke, Jörg. Du bist echt ein Schatz.«

»Ja, ich weiß. Zu Weihnachten hätte ich dann gern zwei Wochen Cluburlaub auf den Bahamas.«

Emma lachte. »Ich sehe mal, was ich tun kann. Zur Not bekommst du eine Torte mit Palmen und Kokosnüssen obendrauf.«

Elf

Alfredos Pizzeria erfreute sich trotz der eigenartigen Inneneinrichtung und Vorgeschichte äußerster Beliebtheit. Emma ließ sich davon aber nicht täuschen. Der Fluch des Restaurants war echt. Sie hatte schon zu viele Etablissements in diesem Haus kommen und gehen sehen, um sich von der anfänglichen Euphorie der Stadtbewohner täuschen zu lassen.

Versteckt in einer Altstadtgasse, machte die Pizzeria mit dem chinesischen Gastgarten einen heimeligen Eindruck. Wilder Wein wuchs über die lackierte Holzvertäfelung und spendete Schatten, bunte mexikanische Laternen tauchten die Umgebung in ein romantisches Licht. Der Duft von frischem Teig, typisch italienischen Gewürzen und Tomaten lag in der Luft. Emma fühlte sich wie im siebten Himmel. Ihr Magen knurrte in seliger Erwartung der bevorstehenden Gaumenfreuden.

Sie kam als Letzte und sah das Fernsehteam an einem der großen runden Tische im Gastgarten sitzen. Auf Zehenspitzen manövrierte sie sich zwischen Tischen und Restaurantbesuchern hindurch. »Hallo. Sorry, dass ich euch warten ließ. Die Straßenbahn hatte Verspätung.«

Otto sprang auf und umarmte sie so fest, dass sie das Gefühl hatte, einige ihrer Knochen würden gleich splittern. »Ich freue mich so, dass du gekommen bist, meine Liebe«, grummelte er mit seiner Bärenstimme und rückte ihr einen weinroten chinesischen Stuhl zurecht.

Alfredo, ein waschechter optimistischer Italiener, kam an den Tisch und reichte ihnen die Speisekarten. Emma nahm sie neugierig entgegen und war jetzt schon traurig, weil sie wusste, dass er in spätestens zwei Jahren den Laden zusperren würde. Aber vielleicht hatte Alfredo ja auch die Kraft, den Fluch des Restaurants zu brechen.

»Was darf ich zu trinken bringen, Signorina?«, fragte er Emma.

»Für mich nur Wasser, danke.«

Sie öffnete die Speisekarte und sah sich über deren Rand hinweg am Tisch um. Justin, der Stylist, sah aus wie jeden Tag. Ganz in Schwarz gehüllt, wirkte er auf sie wie ein Bleistift, dünn und zerbrechlich. Otto war bester Laune, er blätterte die Speisekarte von vorn bis hinten durch und schien sich nicht entscheiden zu können, welche Köstlichkeiten er ausprobieren sollte. Leyla hatte sich seit gestern anscheinend etwas beruhigt, doch ihr stand immer noch die Trauer über den Tod von Benedikt ins Gesicht geschrieben. Da war sie allerdings die Einzige. Viktoria wirkte so wie immer. Mit flinken Bewegungen blätterte sie in der Speisekarte und knallte sie dann zu.

»Emma, es freut mich sehr, dass Sie unserer Einladung gefolgt sind. Wir fühlen uns furchtbar schlecht«, begann sie und legte ihre Hände auf die Tischkante.

Emma wollte schon abwinken und sagen: »Ist ja nicht eure Schuld«, aber seit letzter Nacht war sie da nicht mehr so sicher. Sie hatte mehr und mehr das Gefühl, mit einem Mörder am Tisch zu sitzen. Zwar konnte sie sich das Gefühl nicht erklären, vor allem, weil die Reportage im Fernsehen und anscheinend auch Hendriks Ermittlungen so viele andere Richtungen vorschlugen. Aber ihr Bauch sagte ihr, dass sie besser Vorsicht walten ließ. Und als Bäckerin hatte sie früh gelernt, auf ihren Bauch zu hören.

Alfredo kam zurück, brachte die Getränke und nahm die Essensbestellungen auf. Leyla begnügte sich mit einem Salat. Otto langte richtig zu und bestellte eine extragroße Pizza mit Peperoni, Emma entschied sich für die Pasta mit Lachs, und Justin bestellte die Muscheln. Nur Viktoria schien nichts essen zu wollen.

»Gibt es schon Neuigkeiten wegen des Falls?«, wollte Justin wissen, als Alfredo wieder gegangen war, und Emma stellte verwundert fest, dass dies die ersten Worte waren, die sie außerhalb der Arbeit miteinander wechselten.

»Ich weiß leider selbst nicht viel darüber«, sagte sie und trank einen Schluck Wasser. »Außerdem dürfte ich euch ja gar nichts sagen.«

»Emma hat ihre ganz eigenen Probleme«, mischte Otto sich ein. »Die Arme wird von der Presse richtiggehend belagert.« Er wandte sich Emma zu. »Ich habe den Zeitungsbericht über dich gelesen. Hast du den Reporter wirklich mit Penisküchlein beworfen?«

Emma nickte schüchtern, und Otto lachte lauthals los. Mehrere Gäste drehten sich zu ihnen um.

»Eine Schande. Mit Essen sollte man nicht werfen, egal, welche Form es hat.«

»Da hast du recht«, gab Emma zu. »Aber wenn man nur Kuchen zur Verteidigung hat, bleibt einem nichts anderes übrig.«

Der Abend war schön und hätte die versammelte Crew fast vergessen lassen, dass ihr Sternchen in der Runde fehlte. Das Essen schmeckte köstlich, die Stimmung war heiter, beinahe alles erschien normal. Bis zu dem Augenblick, als Emma sich zur Toilette begab und Viktoria sie begleitete.

Im Inneren des Restaurants wurde die immer gleiche CD von Eros Ramazzotti rauf- und runtergespielt. Sogar auf der Toilette war man nicht sicher vor ihm.

Emma wusch sich die Hände, öffnete ihren Zopf und schüttelte kurz ihre Haare durch, bevor sie damit begann, die Locken wieder einzufangen.

Die Toilette war wohl der einzige Raum in diesem Haus, der noch so war, wie er erbaut worden war. Ursprünglich, vor den chinesischen, mexikanischen und griechischen Restaurants, war hier ein ganz normales zünftiges österreichisches Gasthaus beheimatet gewesen. Dementsprechend sah auch die Toilette aus. Kleine braune Fliesen. Ein Rehgeweih neben dem Spiegel. Alles war schon etwas älter, aber sauber. Es roch nach WC-Spray. Die Waschbecken waren rund, über urigen Holztischen, und die Wasserhähne dünn und verschnörkelt.

Emma hörte die Spülung und trat einen Schritt beiseite, um Viktoria zum Waschbecken zu lassen.

»Sie haben sicher gehört, dass der Sender unsere Sendung auf Eis gelegt hat?«

»Ja, leider«, antwortete Emma. »Ich hatte mich wirklich darauf gefreut, meine Bäckerei im Fernsehen zu zeigen.«

Viktorias Grinsen entging Emma nicht.

»Das können Sie immer noch«, sagte sie und riss ein paar Papiertücher aus dem Spender.

»Was meinen Sie?«

»Es gibt noch einen Grund, warum ich Sie heute hergebeten habe«, erklärte Viktoria. »Ich will die Exklusivrechte an Ihrer Story.«

Emma hielt inne, die Hände erhoben, um das Haarband über ihre Locken zu ziehen. Sie runzelte die Stirn.

»Welche Exklusivrechte?«

Viktoria verdrehte genervt, fast ungeduldig die Augen und warf die Papiertücher in den Abfallkorb.

»Die Exklusivrechte am Mord! Noch hat sie niemand

bekommen. Sie reden ja nicht mit der Presse, Sie naives Kind. Sie könnten Tausende Euro aus den Leuten rausquetschen. Wenn Sie dem Sender die Rechte an Ihrer Geschichte übertragen, bekommen Sie sogar noch viel mehr, und wir haben in Zusammenhang mit dem Tod von Benedikt eine Erfolgsstory am Start, die uns niemand mehr abluchsen kann. Ja, und dann, wer weiß, könnten wir, sobald der neue Vertrag unter Dach und Fach ist, auch mit den achtzig Bäckereien weitermachen.«

Emma ließ ihre Arme sinken. Ungläubig starrte sie Viktoria an, die einen irgendwie manischen und verzweifelten Ausdruck auf dem Gesicht hatte.

»Exklusivrechte?«, fragte sie.

»Oh ja.« Viktoria nickte.

»Weil Diebenkorn aus meinem Kühlschrank gefallen ist?«

»Allerdings. Ich sage Ihnen, das wird 'ne Megastory. Um die Verwandten müssen wir uns nicht kümmern, Benedikt hatte ja gar keine. Also können wir senden, was wir wollen, ohne Angst haben zu müssen, dass wir verklagt werden.«

Emma traute ihren Ohren nicht. Sie kämpfte gegen den Würgereiz an, um die vorzügliche Pasta nicht gleich wieder aus- und in die alte Toilette zu kotzen. »Und was springt für Sie dabei raus?«, fragte sie.

»Der Sender hat mir eine Beförderung versprochen, wenn ich die Rechte an Land ziehe. Das wäre meine Rettung. Sie glauben ja gar nicht, wie wenig Bock es macht, sich monatelang auf der ganzen Welt nichts als Bäckereien anzusehen. In den sauren Apfel muss ich als neue Moderatorin beißen, aber sobald die Sendung abgefilmt ist, kann ich so ziemlich alles moderieren, was ich will. Endlich kriege ich meine Chance, auch mal zu zeigen, was ich vor der Kamera kann.«

Emma biss sich auf die Unterlippe. »Was ist mit den anderen?«

Viktoria zuckte mit den Schultern. »Ach, die werden sicher in einer anderen Produktion unterkommen oder mit mir weiterziehen. Ein neues Team wäre mir allerdings lieber. Der Sender wird schon irgendeine Show für sie finden. Und Otto sollte ohnehin langsam mal verschwinden, er ist viel zu alt für den Job.«

Emma hatte den Rand des Waschbeckens so fest umklammert, dass die Knöchel ihrer Hand ganz weiß wurden und hervortraten. Jetzt langte es wirklich. »Sie sind widerlich«, zischte sie, und ihr platzte der Kragen. »Ihr Kollege wird ermordet und in meinen Kühlschrank gestopft, und Sie denken nur daran, wie Sie aus seinem Tod Profit machen können? Was ist bloß los mit Ihnen?«

Viktoria sprang vor Schreck einen Schritt zurück und krachte gegen die Kabinentür. Gleich darauf hatte sie sich wieder im Griff. »Also bitte, Schätzchen. Sie haben den Mann doch genauso wenig gemocht wie ich und alle anderen hier. Was interessiert es Sie, ob wir ihn jetzt noch durch den Dreck ziehen? Es schadet keinem Lebenden«, witzelte sie.

»Es schadet ihm!«, brauste Emma auf. »Ja, ich habe ihn nicht gemocht. Aber der Mann ist tot, er kann sich nicht mehr wehren. Und Ihre Exklusivrechte können Sie sich sonst wohin stecken. Ich werde kein Wort sagen, nicht zur Presse und auch in keine Ihrer Kameras. Sie sollten sich gefälligst ein bisschen Anstand zulegen!« Sie stürmte verärgert aus der Toilette und warf die Tür hinter sich zu.

»Das sollten besser nicht Ihre letzten Worte sein, Schätzchen!«, rief Viktoria ihr nach.

Beinahe wäre Emma mit Alfredo zusammengeknallt, der beide Arme voller Teller hatte und um sie herumtanzte, um nichts fallen zu lassen. *»Oi! Attenzione, signo-*

rina!«, rief er erschrocken, doch sie war viel zu wütend, um irgendetwas darauf zu antworten.

Emmas rote Mähne wehte kriegerisch im Wind, als sie vor Wut schäumend den Gastgarten betrat. Otto schien sofort zu bemerken, dass etwas nicht stimmte, doch ehe er etwas sagen konnte, schnappte Emma sich ihre Handtasche und warf sie über ihre Schulter. »Danke für das Essen«, grummelte sie. »Gebt Viktoria einen Arschtritt von mir, wenn sie rauskommt.«

Mit diesen Worten stapfte sie aus dem Restaurant und musste sich zusammenreißen, um der Wand keinen Schlag zu verpassen.

Zwölf

Am nächsten Morgen hatte sich die Maisonne verzogen und einem Frühlingsgewitter Platz gemacht.

Hendrik kam völlig durchnässt in seinem Büro an, hatte es aber irgendwie geschafft, die Berichte, die er im Labor ausgehändigt bekommen hatte, bis zur Polizeistation trocken zu halten. Er schälte sich aus seinem nassen Hemd, ließ es zu Boden gleiten und stapfte schnurstracks zum Aktenschrank in der hinteren Ecke des Raumes.

Er hatte sich angewöhnt, Toilettenartikel und Klamotten zum Wechseln darin zu verstauen, zusammen mit einem Vorrat an Energydrinks, Kaffee, Schokolade und den Speisekarten aller umliegenden Restaurants, die Essen außer Haus lieferten. Wenn er in Ausnahmefällen im Büro übernachtete (ein Schlafsack und ein Kissen waren ebenfalls im Schrank verstaut), wollte er am nächsten Tag nicht auch noch in verschwitzten Klamotten arbeiten müssen.

Ein frisches T-Shirt und ein Handtuch um die Schultern ließen Hendrik wohlig seufzen, und er sah sich die Laborberichte an. Sämtliche in der Küche gefundenen Habseligkeiten der Crew und des Opfers, Speisen und Getränke waren auf Spuren von Blauem Eisenhut untersucht worden, und Hendrik hoffte inständig, dass die tagelange Analyse endlich zu einem Ergebnis in diesem Fall führen würde.

Es dauerte nicht lange, und Hendrik hatte seine Antwort. Er griff zum Handy und wählte über Kurzwahl die Nummer seines Vorgesetzten.

»Müller«, meldete sich der Oberkommissar. Er klang

ausgelaugt. Die Presse hatte versucht, ihn mit Haut und Haaren zu fressen, aber er war hart geblieben.

»Detlev«, begann Hendrik und biss sich auf die Unterlippe. In seiner Euphorie hatte er seinen Chef doch tatsächlich beim Vornamen genannt! Er redete hastig weiter und hoffte, dass Müller ihn nicht darauf ansprechen würde. »Das Labor hat die Mordwaffe identifiziert.«

»Na endlich. Was haben Sie für mich, Hendrik?«

»Der Mörder hat den Blauen Eisenhut laut Laborbericht in eine kleine Flasche mit Beruhigungstropfen gemischt. Die waren mit Zimtaroma angereichert, Diebenkorn konnte das Gift darin also aller Wahrscheinlichkeit nach weder riechen noch schmecken. Die Flasche ist allerdings übersät mit Fingerabdrücken. Nur die Abdrücke von Emma sind nicht drauf, also gehört sie wohl dem Opfer selbst oder jemandem vom Fernsehteam.«

»Verflucht. Das bedeutet, der Mörder hat entspannt Däumchen gedreht, bis Diebenkorn sich die vergifteten Tropfen selbst verabreichte, und ihn dann nur noch in den Kühlschrank verfrachtet?«

Hendrik war aufgestanden und hatte in den Fotos vom Tatort nach dem von der kleinen braunen Flasche mit den Beruhigungstropfen gesucht. Es war eine dunkle Flasche mit einer Pipette, handelsüblich in jeder Apotheke zu kriegen. Er klemmte sich das Handy zwischen Ohr und Schulter und pinnte das Foto des Fläschchens an seine Mordwand. »Ja, im Prinzip musste der Mörder nur darauf warten, dass Diebenkorn sich selbst vergiftete.«

»Mord durch flüssige Pflänzchen. Das hab ich auch noch nicht erlebt. Normalerweise haben wir es mit härteren Drogen zu tun.«

Hendrik nahm das Handy wieder in die Hand und hob sein Hemd vom Boden auf. Der Regen prasselte munter weiter gegen die Fensterscheiben, draußen war der Himmel von Gewitterwolken bedeckt, und es roch nach nassem Asphalt. »Der Blaue Eisenhut ist giftig genug, ein paar Tropfen haben sicher gereicht.«

Die Leitung war plötzlich tot, und Hendrik sah verwirrt auf sein Handy. Sekunden später stand Müller in der Tür und kam, ohne zu klopfen, herein. Hendrik grinste ihn an, steckte das Telefon weg und hängte sein Hemd an den Kleiderhaken.

»Werden Sie die Filmcrew noch einmal vernehmen?«, fragte Müller und sah sich das Foto an, auf dem die Apothekerflasche zu sehen war.

Hendrik nickte und hatte endlich Zeit, mit dem Handtuch seine Haare notdürftig zu trocknen. »Natürlich. Wir müssen herausfinden, wem das Gemisch gehört hat und warum anscheinend jeder Zugang dazu hatte. Ich will alle noch einmal befragen. Auch meine Schwester, aber das müssen Sie übernehmen.«

»Selbstverständlich.«

»Sollen wir ihnen verraten, dass ihre Alibis im Grunde nicht viel wert sind?«

Müller wirkte unentschlossen. Normalerweise gelang es den Rechtsmedizinern, einen Todeszeitpunkt relativ genau zu bestimmen. Sei es anhand der Lebertemperatur, der Ausprägung der Leichenstarre oder durch den Grad der Verwesung des Körpers. Diebenkorn aber war in einen Kühlschrank gestopft worden, also waren diese Indikatoren für die Bestimmung der Todeszeit dahin. Zwar hatte der Todeszeitpunkt inzwischen etwas mehr eingegrenzt werden können, mit dieser Information wollte man als Ermittler aber lieber nicht hausieren gehen.

»Vielleicht sollten wir das vorerst noch für uns behalten«, sagte er dann. »Ich habe so das Gefühl, dass sich der Mörder in sein Alibi verbeißen wird. Wir werden sehen.«

Müller wollte gehen und Hendrik weiterarbeiten

lassen, doch dieser bat ihn, noch mal an die Mordtafel zu kommen. »Verraten Sie mir eins. Was sehen Sie?«

Müller spielte das Spiel mit. »Eine sehr hübsch arrangierte Mordtafel. Und einen Fall, der gelöst werden muss.«

Hendrik nahm seinen pinken Leuchtstift und eine kleine gelbe Haftnotiz. »Die Flasche mit den Beruhigungstropfen macht mir Sorgen. Es sind so viele Fingerabdrücke darauf«, erklärte er und klebte den gelben Zettel, auf den er ein pinkes Fragezeichen gemalt hatte, neben das große Foto in der Mitte. »Was ist, wenn Diebenkorn gar nicht das Ziel war?«

Müller runzelte die Stirn und trat einen Schritt zurück, um sich die Korkwand noch mal aus einem anderen Blickwinkel anzusehen. »Sie meinen, er war so gestresst, dass er sich die Flasche einfach so genommen hat, obwohl der Mörder jemand anderen im Visier hatte? Interessant.«

»Und gefährlich. Es hätte quasi jeden treffen können. Außerdem haben wir jetzt zwar die Flasche, aber deshalb muss der Mörder seinen ursprünglichen Plan noch lange nicht aufgegeben haben. In dem Fall haben wir vielleicht bald eine zweite Leiche.«

Wenn er ehrlich war, glaubte Hendrik nicht wirklich an diese Theorie. Er war nach wie vor der Meinung – und das berichtete er auch seinem Vorgesetzten –, dass Benedikt Diebenkorn das eigentliche Ziel des Mörders gewesen war.

Trotzdem hatte er immer noch das Gefühl, etwas zu übersehen. Und wenn sich dieses Gefühl einmal einnistete, juckte es ihn so lange, bis er klarer sah und neue Handlungsmöglichkeiten entdeckte.

Müller überdachte beide Ansätze. »Ich gebe zu, möglich wäre es. Aber Diebenkorn ist immer noch das Opfer, mit dem wir arbeiten müssen. Nehmen Sie sich die Filmcrew vor und befragen Sie alle noch mal. Und keine Samthandschuhe. Ich will, dass Sie im Dreck dieser Leute wühlen wie –«

»Wie ein glückliches Wildschwein, ich weiß. Wird gemacht, Chef.«

»Dann haben Sie ihm das mit dem Wildschwein eingeredet?«, fragte eine bekannte Stimme, und Hendrik und Müller drehten sich um. Emma stand in der Tür, eine Hand vor den Augen. Ihre roten Locken standen in alle Richtungen ab. In der anderen Hand hielt sie eine Kühltasche. Sie war nicht ganz so nass geworden wie Hendrik, denn der Regen hatte nachgelassen, trotzdem tropfte sie noch ein wenig auf den abgenutzten Teppichboden.

»Werteste, warum halten Sie sich die Augen zu?«, fragte Müller verwirrt.

»Darf ich denn sehen, was hier so abgeht?«

Müller überlegte. »Gut mitgedacht. Ich denke, der Pausenraum ist für einen Besuch besser geeignet«, erklärte er.

Emma hob wie aufs Stichwort ihre rote Kühltasche, ohne die Hand von den Augen zu nehmen. »Ich hab Punschmöpschen und Cake-Pops für alle mitgebracht. Hendrik sagt, die Backwaren in der Cafeteria sind furchtbar.«

Hendrik grinste, ging auf seine Schwester zu, drehte sie an den Schultern herum und schob sie vor sich her den Gang hinunter und in den Pausenraum.

Müller, der beim Stichwort »Punschmöpschen« einen hungrigen Blick bekommen hatte, folgte ihnen stehenden Fußes.

♥

»Leute, das ist meine Schwester Emma«, erklärte Hendrik, als sie den Pausenraum betraten, und präsentierte Emma stolz seinen Kollegen. »Ein paar Grundregeln. Erstens: Keine Witze mit Schärfegrad sechs oder höher, sie kennt bessere und macht euch fertig. Zweitens: Wenn ihr sie anfasst, wird sie euch die Nüsse zerquetschen. Drittens: Wer ihre Backwaren beleidigt, lebt nicht lange.«

»Waren das jetzt die Spielregeln für sie oder für uns?«, wollte ein gut aussehender junger Polizist mit schwarzem Vollbart und Glatze wissen und lachte. Emma sprangen so viele Tattoos auf seinen Armen ins Auge, dass sie die einzelnen Motive im ersten Moment gar nicht erkennen konnte.

»Für euch, Gregor, für euch. Und wenn ich schon dabei bin – wehe, du erzählst ihr von der letzten Weihnachtsfeier«, knurrte Hendrik, während Emma die Ohren spitzte und ihre Leckereien auspackte.

»Was war bei der letzten Weihnachtsfeier?«, fragte sie neugierig.

Gregor lächelte spitzbübisch. »Sorry, Hendrik, das Ei hast du dir selbst gelegt. Also, dein Bruder hat … Was in Buddhas Namen ist DAS denn?« Skeptisch betrachtete er die wohlgeformte Punschkrapfenbrust in seiner Hand und traute sich kaum, hineinzubeißen.

Emma bedachte ihn mit einem übertrieben bedauernden Blick. »Entschuldige, ich hab leider keine Doppel-Ds dabei.«

Gregor verzog amüsiert das Gesicht. Dann kostete er und ließ ein wohliges Brummen hören. Einige Krümel blieben in seinem Bart hängen.

Ein anderer Kollege näherte sich dem Tisch und beäugte das Backwerk misstrauisch. Hendrik klopfte ihm aufmunternd auf die Schulter.

»Ich schwöre dir, Markus, auch schwule Männer stehen auf die Punschmöpse meiner Schwester.«

Gregor prustete los und spuckte das Küchlein beinahe wieder aus vor Lachen. »Hendrik, ich werde dir nie verzeihen, dass du uns deine Schwester nicht schon längst vorgestellt hast«, meinte er und zwinkerte Emma zu.

Etwas Eigenartiges passierte, etwas, das schon lange nicht mehr geschehen war. Emma bekam weiche Knie. Der Mann sah gut aus, war witzig – okay, er hatte eine Glatze, aber irgendwie passte das zu seiner Art …

»Emma, denk nicht mal dran«, grummelte Hendrik und stopfte ihr einen Penis-Cake-Pop in den Mund.

Markus, der mit Brüsten anscheinend wirklich nicht viel am Hut hatte, knabberte vorsichtig an der Punschkrapfenbrust und gab schließlich zu, dass sie ganz großartig schmeckte.

»Wir riechen Kuchen!«, erklang es von der Tür. Weitere Kollegen der drei drängten herein. Die Nachricht von Möpschengebäck, frischen Kipferln und Penisküchlein schien sich wie ein Lauffeuer zu verbreiten. Schon bald war die kleine Teeküche voller Menschen.

Emma unterhielt sich mit einem Zwillingspaar, zwei jungen Frauen, die erst seit Kurzem im Morddezernat arbeiteten. Detlev Müller hatte sich in sein Büro verzogen, um seinen Kuchen dort in Ruhe zu genießen. Hendrik und Gregor zogen Markus ein wenig wegen dessen vornehmer Zurückhaltung auf, während ein paar andere Kollegen verstohlen Fotos von sich und den Gebäckstücken machten. Alles in allem fühlte Emma sich bei Hendriks Kollegen und Freunden sofort wohl. Die Stimmung war prima. Bis zu dem Moment, als Müller zurückkam, ein Runzeln auf der Stirn und eine Fernbedienung in der Hand.

»Alle bitte mal Ruhe. Hendrik, Frau Wolf, Augen auf«, befahl er, und es wurde augenblicklich still.

Müller schaltete den Fernseher ein und hatte nach kurzem Knopfdrücken einen bayerischen Kanal gefunden – den Sender, der eigentlich Emmas Sendung hätte bringen sollen.

»... und hat jegliche Gesprächsangebote abgelehnt. Für uns als Fernsehteam bricht dadurch eine schwere Zeit an, doch im Gedenken an unseren Kollegen Benedikt wollen wir die Sendung auf jeden Fall fortsetzen.«

Emma riss überrascht die Augen auf. Die Doppel-D-Moderatorin von neulich war wieder im Fernsehen, diesmal etwas besser gekleidet. Sie trug ein rotes Kleid und einen schwarzen Blazer. Ihr Ausschnitt war geradezu züchtig zu nennen, doch das mochte der Nachmittagssendung geschuldet sein. Über einen großen Bildschirm im Studio war Viktoria Schneider zugeschaltet.

»Gibt es denn sonst noch Neuigkeiten, Viktoria? Wie wird es bei Ihnen weitergehen? Wann können wir Sie und Ihr Team in München zurückerwarten?«

»Ich glaub, ich spinne«, flüsterte Emma und setzte sich auf die Tischkante. Die Polizisten und sie verfolgten das Programm neugierig.

Viktoria saß in ihrem Hotelzimmer und beantwortete Fragen zur Zukunft der Sendung, die am Abend zuvor angeblich noch in den Sternen gestanden hatte. Aber eine Beförderung stand an, und trotz – oder gerade wegen? – Emmas Ablehnung der inoffiziellen Pläne des Senders hatte sich die Frau die Chance, vor die Kamera zu treten, nicht entgehen lassen.

»Wir werden wohl noch ein paar Tage hierbleiben müssen, jedenfalls bis die Polizei uns die Erlaubnis erteilt, nach Hause zu fahren«, gab sie erbost zu Protokoll. »Natürlich würden wir aber gern alle zusammen nach

Berlin fliegen, um der Beerdigung beizuwohnen, bevor es zurück nach München geht. Unsere Sendung muss etwas umgestaltet werden, ehe es weitergehen kann. Außerdem werden wir eine neue Bäckerei finden müssen, da wir eine erneute Zusammenarbeit mit Frau Wolf, wie bereits erwähnt, ausschließen.«

Das Interview war wohl rigoros durchchoreografiert, denn die Moderatorin nahm ansatzlos den Gesprächsfaden auf. »Wir wissen alle, dass unser geschätzter Kollege in der Bäckerei von Frau Wolf den Tod gefunden hat. Sie waren persönlich vor Ort. Können Sie uns etwas mehr über diesen schrecklichen Vorfall berichten? Welches Bild bot sich Ihnen, als Sie in der Bäckerei ankamen?«

Emma ballte die Fäuste, als die Moderatorin und Viktoria kurz ausgeblendet wurden und die Außenansicht ihres Ladens zu sehen war.

»Es sollte der letzte Drehtag werden, wir waren alle schon sehr erschöpft«, erklärte Viktoria. »Wegen des speziellen Themas von Frau Wolfs Backwaren waren wir angehalten, keine ausdrücklich jugendgefährdenden Szenen zu filmen. Außerdem war die Küche ein Chaos und völlig unaufgeräumt. Ja, und dann öffnete jemand die Kühlschranktür, und Benedikt …« Viktoria senkte betroffen den Blick.

Die Moderatorin der Nachmittagssendung nickte mitfühlend. »Wir wollen unseren Zuschauern die letzten Stunden von Benedikt Diebenkorns hervorragender Arbeit natürlich nicht vorenthalten«, sagte sie dann mit Blick in die Kamera. »Sehen Sie nun einen kurzen Ausschnitt vom vorletzten Drehtag der Folge ›In 80 Bäckereien um die Welt‹, die wohl nie fertiggestellt werden wird.«

Zum ersten Mal sah Emma die Aufnahmen aus ihrer Bäckerei. Es war die Szene mit den Punschmöpschen, und mit einem Mal hatte sie wieder den Duft von Orangen und Zuckerglasur in der Nase, der sie aber nicht beruhigte. Im Gegenteil. Es gefiel ihr gar nicht.

Ihre Laune schien sich auf die Polizisten um sie herum auszubreiten.

»Dürfen die das überhaupt senden?«, fragte der sexy Glatzencop und wandte sich an Emma, die nur knurren konnte.

»Ich hab die Freigabe im Vertrag unterschrieben, also ja, leider.«

»Na ja, wenigstens kommst du gut rüber. Der Schleimbeutel sieht aus, als würde er dir gleich in den Kochtopf kotzen.«

»Der Schleimbeutel, wie Sie ihn nennen, Gregor, ist unser Mordopfer. Etwas Respekt, bitte«, warf Müller ein, der mit verschränkten Armen, immer noch die Fernbedienung in der Hand, die Sendung verfolgte.

»Sorry, Boss.«

Der Beitrag dauerte nicht mehr lange, und auch Emma wurde nicht mehr erwähnt. Es war dennoch für alle offensichtlich, dass sie vor Wut kochte.

»Frau Wolf, vielleicht wäre es besser, wenn Sie jetzt nach Hause gingen. Vielen Dank für die Leckereien«, meinte Müller und schaltete den Fernseher ab. »Hendrik, Gregor, Sie sammeln bitte die Filmtruppe ein. Ich habe ein Wörtchen mit dieser Frau Schneider zu reden.«

Emma widersprach nicht, nahm nur schweigend ihre Kühltasche, drückte ihren Bruder zum Abschied und ging.

Sie war wirklich froh, dass ihr Zwangsurlaub vorbei war und sie heute Abend eine Veranstaltung mit Backwerk zu versorgen hatte, sonst hätte sie nichts Besseres zu tun gehabt, als zum Hotel zu fahren und Viktoria Scheider einen Tritt in den Hintern zu verpassen.

Dreizehn

»Du musst wirklich nicht hier sein, wenn du dich unwohl fühlst.«

Melanie atmete tief durch, zog ihre Schürze enger um sich und öffnete die Augen wieder. »Ich schaffe das. Ich hab's dir versprochen. Ich krieg das hin.«

Emma hatte sich nicht dazu überreden lassen, den wichtigsten Cateringjob des Jahres sausen zu lassen, und stand mit ihrer besten Freundin im ersten Stock des Lentos Museums, um ihre Waren an den Mann und die Frau zu bringen. An den nackten Mann und die nackte Frau, um präzise zu sein, denn es war Nudistenabend im Museum.

Melanie versuchte die Röte in ihrem Gesicht zu unterdrücken, als ein etwas älterer Herr ans Büfett kam, dessen einziges Stoffaccessoire ein winziges Umhängetäschchen war, in dem er seine Brieftasche aufbewahrte. Lachend kaufte er drei Cake-Pops.

Die Ausstellung »Nackte Tatsachen« sorgte schon seit Wochen für Furore. Der Kurator hatte Emma bei der Auftragserteilung erklärt, dass es endlich an der Zeit war, Nacktheit nicht immer nur mit Pornografie in Verbindung zu bringen. Darum hatte er Kunst aus der ganzen Welt gesammelt, die nackte Menschen oder Situationen darstellte, in denen keine oder sehr wenig Kleidung getragen wurde. Darunter Unterwäschewerbung aus den vergangenen Jahrzehnten, abstrakte Kunst, die Körper nur erahnen ließ, Skulpturen aus dem Altertum und vieles mehr. Was lag näher, als auch der Freikörperkultur und ihren Anhängern einen Abend zu widmen und ihnen ein tolles Museumserlebnis zu bieten? So gab es nun diesen Abend, an dem verschiedene FKK-Vereine eingeladen worden waren, die Ausstellung ohne Kleidung zu besuchen. Die Tickets waren innerhalb von Minuten ausverkauft gewesen.

Da das Gebäude aus Glas bestand und jeder von außen Einsicht ins Foyer hatte, war die Eingangshalle, die man in eine Garderobe mit Schließfächern umgewandelt hatte, mit schwarzen Vorhängen verhängt worden.

Im ersten Stock standen Emma und Melanie in ganz normalen Klamotten und den »Lust & Sahne«-Schürzen an ihrem Verkaufsstand und machten ordentlich Kasse. Denn egal, ob Nudist oder nicht, Emmas Backwaren waren für die meisten Menschen eine kleine Attraktion. Außerdem hatte fast jeder Museumsbesucher eine Handtasche dabei – irgendwo musste man ja auch als Nackter Schlüssel und Geldbeutel verstauen.

Emma sah, dass Melanie sich sichtlich unwohl fühlte bei so viel Haut und … nun ja, Freiheit. Also versuchte sie, die Stimmung mit einem Scherz etwas aufzulockern. »Ist dir aufgefallen, dass wir beide heute Abend die zwei am besten gekleideten Menschen sind?«, fragte sie.

Mel wollte schon antworten, gab aber nur ein erschrockenes Quieken von sich und schlug die Hände vor die Augen, als ein deutlich beleibter Mann die Treppe heraufkam.

»Mel, der Mann ist so dick, dass seine Wampe seine Kronjuwelen verdeckt, dem kannst du gar nichts wegschaun!«, zog Emma sie leise auf und bewunderte gleichzeitig den Mann, der mit seinem Körper absolut kein Problem zu haben schien. Mit einer Geschwindigkeit und Leichtigkeit, die sie ihm gar nicht zugetraut hätte, tänzelte er am Büfett vorbei und begab sich fröhlich pfeifend in den Raum mit den Gemälden.

»Das ist es nicht«, nuschelte Mel hinter vorgehaltener Hand. »Das war einer meiner Professoren von der Uni. Wie würdest du es finden, auf einmal einen Menschen nackt zu sehen, der dir und seinen anderen Studenten allen Ernstes erklärt hat: ›Betrachten Sie die Farbgebung in diesem Bild, Herrschaften. Das Rot symbolisiert die sexuelle Inbrunst des Malers gegenüber seinem Modell.‹«

Emma musste sich wegdrehen, um ihre Backwerke nicht zu kontaminieren, und prustete los. Der Abend wurde einfach nur besser und besser.

Eine attraktive junge Dame mit langem schwarzen Haar, das ihre Brüste bedeckte, und viel zu vielen Tätowierungen, um sie alle zu zählen, kam zu ihnen, um sich ein Punschmöpschen zu kaufen. Genüsslich kauend ging sie wieder von dannen, mit einem Pappteller, einer Gabel und der mit dem ersten Bissen von ihrem Marzipannippel befreiten Punschbrust. Trotz der auffallenden Erscheinung der Frau wurde der Kunst von den anderen Museumsbesuchern mehr Aufmerksamkeit gewidmet als ihr.

»Also ehrlich, diese Nudisten werden mir immer sympathischer«, meinte Emma lächelnd. Melanie warf ihr einen schockierten Blick zu und schien innig zu hoffen, dass ihre beste Freundin sich nicht dazu entschließen würde, ebenfalls blankzuziehen.

Ein weiterer Mann erklomm langsam die Stufen in den ersten Stock. Emma erkannte in ihm den Kurator der Ausstellung. Schon bei ihrer ersten Begegnung hatte sie den Mann als Individualisten und etwas schrägen Vogel wahrgenommen, doch mit seinem jetzigen Outfit übertraf er alle Erwartungen.

Er war selbst kein Nudist, hatte es sich aber augenscheinlich zur Aufgabe gemacht, nackt zu wirken. Über einem weißen Anzug trug er eine lange Schürze, die den Körper eines nackten Mannes zeigte.

Er war ein schlanker, großer Kerl mit Hornbrille und schrägem Humor – aber das Outfit sah furchtbar aus. Was ihn nicht weiter zu stören schien.

»Frau Wolf, wie läuft es bei Ihnen? Ist dieser Abend nicht phantastisch? Ha, ha, ha.«

An sein Lachen konnte Emma sich nicht gewöhnen. Es hörte sich so hohl an, irgendwie gekünstelt – aber der Mann lachte wirklich so.

»Bei uns läuft alles super. Wollen Sie einen Penis? Geht aufs Haus«, entgegnete sie schmunzelnd und hielt dem Kurator einen Schokoladen-Cake-Pop mit pinken Streuseln hin.

»Ha, ha, ha. Wie drollig. Aber gern.«

Er nahm einen Bissen und genoss den Verzehr sichtlich, ehe er beschloss, sich unters Volk zu mischen und seine, wie er sie bezeichnete, »absolut phänomenale Schürze« zu präsentieren.

Emma bückte sich, um aus einer kleinen Kühltruhe hinter dem Tresen neue Punschmöpschen zu holen, zu verzieren und auf den Tisch zu stellen. Als sie gerade die Marzipannippel anbringen wollte, musste sie sich jedoch zusammenreißen, um das Tablett nicht fallen zu lassen. Ihr Blick verfinsterte sich, als sie den Mann bemerkte, der splitterfasernackt, aber mit seiner typischen Kopfbedeckung und einer großen Tasche über der Schulter die Treppe heraufkam und sich neugierig umsah. »Mel, halt meine Nippel, ich muss jemanden verprügeln«, sagte sie und drückte ihrer Freundin das Tablett mit den vorbereiteten Marzipanstücken in die Hand.

»Was? Wie?«, fragte Mel verwirrt, doch Emma war bereits an ihr vorbeigetrampelt und stampfte direkt auf den Klatschreporter mit dem roten Baseball-Cap zu, der ihr grinsend entgegensah.

»Frau Wolf! Was für eine Überraschung, Sie hier zu sehen!«, flötete René Loser und verschränkte die Arme vor der haarlosen Brust.

»Wer's glaubt. Was tun Sie hier?«, fragte sie ihn verhalten aggressiv und bemüht, nicht allzu laut zu werden oder gar zu fauchen wie eine wütende Katze.

Der Reporter tat beleidigt. »Was denken Sie nur von mir, Frau Wolf? Ich bin Journalist, ich berichte natürlich über die Ausstellung. Und gemäß den Regeln habe ich keine Kameras dabei. Außerdem ist es schön, sich unten herum mal ein bisschen Luft zu verschaffen.«

Emma starrte ihm weiter finster in die Augen und ignorierte seinen provozierenden Hüftschwung, der Melanie ein entsetztes Fiepen entlockte. »Ihnen ist wirklich nichts zu blöd, was?«

»Absolut nicht, nein«, erwiderte er. »Aber da wir schon mal beide hier sind, wie wäre es mit einem Interview? So zwischen zwei Fans der Nacktheit? Na?«

Emma machte einen letzten Schritt nach vorn, was den Reporter zurückweichen und beinahe hintenüber die Treppe hinunterfallen ließ. Krampfhaft klammerte er sich an das Seitengeländer. »Jetzt hören Sie mir mal ganz genau zu«, zischte sie. »Ihr Job ist mir scheißegal. Wenn Sie über die Ausstellung schreiben wollen, dann schreiben Sie. Aber nur ein Wort über mich, meine Freundin oder mein Geschäft und ich zerquetsche die beiden lächerlichen Pflaumen zwischen Ihren Beinen und mache Mus daraus. Verstanden?«

»Oh, soll das eine Drohung sein?« Er lachte, allerdings wenig überzeugend und mit ängstlichem Blick. Auf eine Antwort wartete er gar nicht erst, sondern zwängte sich an Emma vorbei und floh in Richtung der

Ausstellung. Seine nackten Plattfüße klatschten über den Boden.

Als Emma sich umdrehte, hatte Melanies ehemaliger Professor den Weg an das Büfett gefunden, seine Studentin wohl erkannt und sie allem Anschein nach in eine Diskussion über die Farbgebung der Gemälde im Ausstellungssaal verwickelt, während der Melanie angestrengt versuchte, vor Scham nicht tot umzukippen.

Emma ignorierte grinsend ihre hilfesuchenden Blicke und beschloss, selbst auch einmal einen kleinen Rundgang durch die Ausstellung zu machen.

Anders als die Nudisten, denen die Nacktheit der anderen Museumsbesucher gar nicht aufzufallen schien, konzentrierte Emma sich nicht ausschließlich auf die ausgestellten Kunstwerke. Für sie gab es quasi doppelt so viel zu entdecken. Mit Freikörperkultur hatte sie noch nie irgendwelche Probleme gehabt, ansonsten wäre ihr heutiger Job ein schwieriges Unterfangen für sie gewesen. Andererseits verspürte sie auch nicht den Drang, sich zu entblättern, und bei aller Toleranz blieb doch noch eine gewisse Hemmschwelle, aber auch Neugier an der Sache.

Fasziniert sah Emma sich sowohl die Ausstellung als auch die Leute an und stellte fest, dass es ihr sehr schwerfiel, sich ohne deren Klamotten die verschiedenen Leben der Menschen vorzustellen. Sie konnte beim besten Willen nur raten, ob die tätowierte Frau von vorhin, die sich gerade eine Artikelsammlung über FKK-Strände ansah, in ihrem Alltag als Zahnarzthelferin, Grundschullehrerin oder Künstlerin arbeitete. Selbst eine Raketenwissenschaftlerin wäre denkbar. Und der kräftig gebaute Mann vom Typ Bodybuilder neben ihr könnte sowohl Profisportler oder Türsteher wie auch Verkäufer in einem Spielzeugladen sein. Wieder einmal wurde Emma bewusst, dass sie durch ihre Kleidung viel von sich und ihrem Wesen preisgab, während ihr Nacktheit in dieser Situation eine gewisse Anonymität verliehen hätte.

Hätte man Benedikt Diebenkorn hier im Museum als Fernsehmoderator erkannt? Ganz ohne seinen Anzug, sein Make-up und seine Kamera-Aura? Wie würde sich Viktorias Gang anhören, wenn sie auf einmal keine Stöckelschuhe mehr trüge, wie würde das ihre Dominanz verändern? Leyla würde ganz sicher immer noch einer hübschen Porzellanpuppe gleichen, aber wer sie nicht kannte, würde ihr vielleicht zutrauen, sonst in Lack und Leder daherzukommen. Ihre blumigen Kleider und ihre rosige Schminke waren genauso Teil ihrer Persönlichkeit wie Emmas Schürzen ein Teil von Emma waren.

Bei dem Gedanken, dass sie den mageren Make-up-Stylisten Justin wohl eiligst mit Essen versorgt hätte, hätte sie ihn nackt gesehen, musste Emma schmunzeln. Die vielen Knochen, die bei ihm sicher hervorstachen, da wurde Emmas Mutterinstinkt wach.

Kurz stellte sich Emma Oberkommissar Müller in dieser Ausstellung vor, nackt und ohne seine Designeranzüge, die ihn zuverlässig als Chef des bunt gemischten Haufens auswiesen, zu dem auch ihr Bruder gehörte. Ihm hätten sicher allein durch seine autoritäre Ausstrahlung alle Platz gemacht – auch als nacktes Wiesel.

»Verzeihen Sie, junge Dame.«

Emma drehte sich zu einem älteren Paar um, welches splitterfasernackt vor ihr stand und sie freundlich anlächelte. Angestrengt versuchte Emma, nicht damit anzufangen, die vielen Falten und grauen Haare zu zählen.

»Ja, bitte?«

»Wären Sie so freundlich, uns zu zeigen, wo man diese köstlich duftenden Küchlein kaufen kann?« Die Frau wies auf ihre Schürze.

Emma sprang zurück in den Verkaufsmodus und ging mit dem Ehepaar das letzte Stück der Runde, bis sie schließlich wieder an der Treppe und damit bei Melanie ankamen.

Deren Professor diskutierte immer noch lebhaft mit ihr, doch es war Zeit, sie zu retten und wieder Geld zu verdienen.

♥

»Sobald ich zurück in Wien bin«, begann Melanie, als Emma die Vordertür des Ladens hinter sich abschloss und ihrer Freundin hinauf in die Wohnung folgte, »werde ich meinen Kleiderschrank durchwühlen, alles, was mir nicht mehr passt, in einen Sack werfen und damit die Straße entlanggehen, um es zu verteilen. Und zwar an alle Mädchen, die statt normaler Hosen nur Shorts tragen, die so kurz sind wie Gürtel.«

Emma kicherte und suchte nach dem Lichtschalter im Wohnzimmer. Sie war hundemüde, es war nach zwei Uhr morgens, und sie freute sich auf die erste Nacht seit beinahe einer Woche in ihrem eigenen, kuscheligen, großen Bett. Ja, sie würde es sich mit Melanie teilen müssen, aber es war zu Hause.

»Süße, du trägst Größe XS, deine Klamotten müsstest du an Grundschüler verteilen. Und ein bisschen zu sexy für die Schule wären sie wohl außerdem.«

»Keine Angst, die passen schon. Hast du eine Ahnung, wie die meisten Zwölf- und Dreizehnjährigen heute rumlaufen? Als wären sie Popstars oder Supermodels. Außerdem trage ich stilvolle Klamotten.«

Da musste Emma ihrer besten Freundin recht geben. Die heutigen angehenden Teenager taten alles, um erwachsen zu wirken, und schafften es oft auch.

»Ich will in nächster Zeit jedenfalls nur noch Menschen mit so vielen Klamotten am Körper wie möglich sehen«, entschied Melanie – und schälte sich auf dem Weg ins Schlafzimmer aus ihrer Kleidung, ehe sie in ihrem Koffer nach ihrem Pyjama suchte.

Emma tat es ihr gleich, sie wollte nach diesem anstrengenden Tag einfach nur noch in ihr Bett kriechen. Aus ihrem Kleiderschrank zog sie eine Männerboxershorts, ihr bevorzugtes Beinkleid zum Schlafen, und ein altes T-Shirt, zog beides an und ließ sich einfach auf ihre Matratze plumpsen. Zum Abschminken oder Waschen hatte sie weder die Lust noch die Energie.

Melanie machte das Licht aus und krabbelte blind über die Decken zur anderen Seite des Bettes, krachte kurz mit dem Knie in Emmas Bauchgrube und ließ sich dann auf ein Kissen fallen.

»Uff«, machte Emma.

»Sorry, sorry …« Melanies Entschuldigungen gingen in ein Murmeln über, und weg war sie. Einen Moment später schlief auch Emma.

Der digitale Wecker, der vor gefühlten Sekunden noch zwei Uhr sechzehn angezeigt hatte, blinkte Emma eine leuchtend rote Gemeinheit entgegen, als sie die Augen wieder aufschlug: vier Uhr zweiunddreißig. Melanie rüttelte an ihrer Schulter. »Emma, wach auf!«, befahl sie.

Emma bereitete ihren fiesesten bösen Blick vor und war kurz davor, aus vollen Rohren zu feuern, als auch sie den Grund für Melanies Aufwachkommando vernahm. Schritte, ein Krachen, Klirren. Unter ihnen.

»Was …«, grummelte sie und mühte sich aus dem Bett.

»Bricht da gerade jemand in deine Küche ein?«, flüsterte Melanie ängstlich und klammerte sich an Emmas Arm.

Ein Topf krachte auf den Boden, und ein leises Fluchen war zu hören. Tatsächlich, jemand kramte gerade in ihrer Küche herum, mitten in der Nacht. Emma stand entschlossen auf.

»Oh nein, den Blick kenne ich. Wir werden da doch jetzt nicht wirklich runtergehen«, jammerte Melanie und versuchte, Emma zurückzuhalten. »Wir sollten Hendrik anrufen.«

»Bis der hier ist, hat der Kerl längst das Weite gesucht. Ich geh allein, bleib du ruhig hier oben«, flüsterte Emma zurück und sah sich suchend um. An der Wand stand ein Regenschirm, den sie mit zitternden Händen umschloss, bevor sie auf nackten Sohlen, so lautlos, wie es eben ging, die Holztreppe hinunterstieg.

Sie hörte ein kurzes Fluchen und spürte Sekunden später, wie Melanie sich hinter ihr an die Wand presste und ihr nach unten folgte.

Die Geräusche wurden lauter, seine Vorsicht schien der Einbrecher wohl in den Wind geschossen zu haben. Doch egal, was er suchte oder warum er hier war, er schien es nicht zu finden.

Die Tür zur Küche stand offen. Hin und wieder fiel ein dünner Lichtstrahl aus dem Raum in den Flur. Eine Taschenlampe, die wild hin und her geschwenkt wurde. Emma konnte einen leichten Windzug um die Knöchel spüren und roch das nachtkalte Gras und die Blumen in ihrem Garten. Die Hintertür musste offen stehen.

Emma warf Melanie, die mit zerzausten Haaren in ihren Hello-Kitty-Shorts und einem passenden Trägertop hinter ihr stand, einen raschen Blick zu. Mel umklammerte angespannt den Griff einer Pfanne, die sie aus Emmas kleiner Privatküchennische stibitzt hatte, und biss sich nervös auf die Unterlippe. Emma schloss kurz die Augen, lehnte sich an die Wand und horchte.

Billige Turnschuhe quietschten über ihren penibel gewischten Boden. Geschirr klirrte leise, als es herumgeschoben wurde, Kästen wurden aufgerissen und wieder zugeworfen, irgendetwas ging zu Bruch. Der Einbrecher schien nicht davon auszugehen, dass irgendjemand zu Hause war.

Das wollte Emma ausnutzen – was sich als äußerst schmerzhaft erwies.

Entschlossen und so schnell wie nur möglich sprang Emma um die Ecke und lief mit erhobenem Schirm in ihre Küche. Doch bevor sie den Einbrecher auch nur sehen konnte, rutschte sie auf einer herumliegenden Tellerscherbe aus. Der Schirm wurde ihr aus der Hand geschleudert, ihre Füße zeigten auf einmal nach oben, und sie landete rücklings auf dem harten Fliesenboden. Beim Aufprall wurde ihr die Luft aus den Lungen gedrückt, und für einen Moment wurde ihr schwarz vor Augen.

Melanie, die gleich hinter ihr gewesen war, rief irgendetwas Unverständliches. Wieder klirrte Geschirr, und nackte Füße rannten über Fliesen. Dann ein Schrei.

»Emma? Emma! Alles okay?«

Melanie kniete neben ihr auf dem kalten Boden und half dabei, sie in eine aufrechte Position zu hieven.

»Alles klar. Hab nur meinen Stolz verletzt«, keuchte Emma und rieb sich den Rücken. »Wo ist der Kerl?«

Melanie untersuchte besorgt Emmas Kopf nach Verletzungen, während sie erwiderte: »Dein Schwalbensegler eben hat ihn genauso erschreckt wie mich, schätze ich. Er hat ein paar Töpfe vom Tresen gefegt und ist durch den Garten abgehauen. Ich hab ihm die Pfanne nachgeworfen und ihn auch getroffen, aber mehr als einen blauen Fleck wird er wohl nicht abbekommen haben.«

»Dann ist er besser dran als ich«, maulte Emma und

stand ächzend auf. Ihre Küche war ein Chaos. Jeder Schrank, jedes Regal war verwüstet.

Sie gingen nach draußen in den Garten. Das Gras war kühl unter ihren Füßen und übersät mit Tautropfen. Am Horizont war schon ein kleiner Streifen Licht zu erkennen, der Himmel war aber noch voller Sterne.

Melanie lief voraus und sammelte ihre Waffe vom Boden auf.

»Urgh, Mel, das ist meine sauteure Gusseisenpfanne«, beschwerte sich Emma.

»Entschuldige, dass ich dein Leben nicht mit einer Billigpfanne aus dem Supermarkt gerettet habe«, schnappte Melanie beleidigt und drückte ihr die schwere Pfanne in den Magen.

Auf einmal waren um sie herum verschiedene Geräusche zu hören. Eine Tür wurde geöffnet, und ein aufgeregtes Bellen kündigte Herkules am Gartenzaun an, während auf der anderen Seite des Grundstücks das Klappern eines Gehstocks hinter dem Zaun zu hören war.

Den Nachbarn war der Tumult also nicht entgangen.

Wenig später saßen drei sehr müde Frauen, ein älterer Herr und ein aufgewühlter Hund in Emmas Küche und tranken Kaffee. Während Emma ihren Ofen angeheizt hatte, um ihr Tagwerk zu beginnen und den unfreiwilligen Frühaufstehern zum Frühstück etwas Gebäck zu servieren, hatte Melanie ihre beiden Nachbarn hereingebeten.

Tomoe Winter und Bulut Aydin waren in Emmas Augen zwei sehr verschiedene Menschen. Emma und Tomoe, die Besitzerin des Second-Hand-Buchladens, die zur Hälfte Japanerin war, liefen sich nicht so häufig über den Weg. Obwohl Emma ein gutes Buch ungern verschmähte, fehlte ihr einfach die Zeit, um zu lesen. Und auch Tomoe war immer sehr beschäftigt. Schwarze seidige Haare und perlweiße Haut, schlank, aber mit Flüchen in petto wie ein Seemann, so würde sie ihre Nachbarin anderen Leuten beschreiben. Nun saß die Mittdreißigerin mit kuscheligen Hauspuschen an den Füßen und in einen seidig-glänzenden Morgenmantel gehüllt in ihrer Küche und trank bereits ihre zweite Tasse, während ihr tapferer Herkules grunzend durch den ganzen Raum sauste. Sie war ebenso unausgeschlafen wie Emma und Melanie.

Bulut war weniger müde, was Emma schlicht und einfach auf dessen mutmaßliche senile Bettflucht schob. Der fünfundsiebzigjährige Türke, der sich weigerte, in den Ruhestand zu gehen, und immer noch täglich sein Obst und Gemüse verkaufte, war hellwach – und ziemlich besorgt.

»Nun sagt uns doch erst einmal, was eigentlich genau passiert ist«, bat er Emma und Melanie.

Die Geschichte war schnell erzählt, und die beiden Nachbarn, durch den Mord in der Bäckerei zwischen ihnen bereits satt an unerwünschten Vorkommnissen, waren nicht gerade begeistert von einem erneuten Einbruch.

»Soll ich dir Herkules leihen?«, fragte Tomoe und streichelte zärtlich das Fell ihres dreibeinigen Beschützers.

Der bekam wie immer, wenn er bei Emma zu Besuch war, selbst gebackenen Hundekuchen und sabberte vergnügt. Bei dem Saustall war es Emma egal, sie musste eh wischen.

»Herkules hat mir schon die Presse vom Hals gehalten; wenn ich ihm weiterhin Beute zuwerfe, geht er irgendwann auf Hungerhaken wie Melanie los.«

»Hey!«

Herkules legte sich auf den Boden, um sich von Tomoe kraulen zu lassen, und schien wunschlos glücklich zu sein.

»Du brauchst auf jeden Fall neue Schlösser, *hayatim.*« Bulut nickte bekräftigend und trank einen Schluck von seinem Wasser. Er war der Meinung, dass jeder Kaffee, der kein türkischer Kaffee war, ohnehin wie Wasser schmeckte, da könne er auch gleich welches trinken. Emma erinnerte sich besonders gut an das erste und einzige Mal, als sie von Buluts Kaffee gekostet hatte. In jener Nacht war an Schlaf nicht zu denken gewesen. Kein Wunder also, dass der Gemüsehändler längst wach gewesen war, als der Einbrecher sich über den Zaun davongemacht hatte.

»Der Meinung bin ich auch«, sagte Tomoe. »Der arme Bulut hat in der vergangenen Woche Tag und Nacht vor deinem Haus Wache geschoben und die Reporter mit Wassermelonen beworfen. Woraus wir schließen können, dass der Einbrecher keine Angst vor Fall- oder Wurfobst zu haben scheint.«

»Ach, Bulut, nicht deine Melonen!«, rief Emma erschüttert. Sie flitzte immer noch kreuz und quer durch die Küche, nahm Gebäck aus dem Ofen, schob neuen Teig hinein und war glücklich über die Ablenkung, obwohl sie über Scherben und immer noch herumliegendes Geschirr steigen musste.

Ihr Nachbar winkte mit einem Lächeln ab. »Ich habe nur die genommen, die nicht mehr so gut waren. Außerdem hat es Spaß gemacht, die Klatschpresse mit Sachen zu bewerfen.«

Tomoe fischte ihr Smartphone aus ihrem seidenen Morgenmantel und zeigte Emma ein Foto. Darauf war Bulut ohne Krückstock, dafür mit einer mindestens fünf Kilo schweren Wassermelone über dem Kopf zu sehen, bereit zum Wurf, während ein Rudel wilder Reporter die Flucht ergriff.

»Wenn ich mit Penis-Cake-Pops um mich werfe,

macht es Schlagzeilen, aber wenn Bulut seine Melonen durch die Gegend wirft wie ein olympischer Kugelstoßer, interessiert das keinen.« Emma seufzte tief und gab das Telefon zurück.

Bulut grinste stolz und hob sein Wasserglas für einen weiteren Schluck, als ihm offenbar etwas einfiel. »Wir sitzen hier und quatschen, aber hat eigentlich schon jemand die Polizei angerufen?«, fragte er neugierig.

Melanie schüttelte den Kopf und trommelte mit ihren Fingern auf ihrer Tasse herum. »Emma und ich rufen Hendrik an, sobald sein Dienst beginnt. Er hat in letzter Zeit so viel gearbeitet und kaum geschlafen. Und uns ist nichts passiert, also wollen wir ihn ausruhen lassen.«

»Außerdem wird mein neuer Kühlschrank heute geliefert«, ergänzte Emma. »Ich kann mich nicht mit den Lieferanten und mit meinem Bruder gleichzeitig befassen.«

»Wenn du dir sicher bist, *hayatim*«, antwortete Bulut und stand ächzend auf. »Wenn ihr wunderschönen Damen mich nun entschuldigen wollt, mein Gemüsehändler kommt um fünf Uhr.«

Emma starrte auf die Uhr in ihrer Küche, die mittlerweile halb sechs anzeigte.

»Sagt man ihm, er soll um fünf Uhr da sein, kommt er pünktlich um halb sechs«, erklärte Bulut und machte sich auf seinen Krückstock gestützt auf den Rückweg zu seinem Haus.

Herkules begleitete ihn treu bis zur Gartentür, ehe er zurückhoppelte und zur Belohnung einen weiteren Hundekeks bekam.

Tomoe hatte noch fast drei Stunden Zeit, bis sie ihren Laden öffnen musste, und blieb sitzen. »Habt ihr denn wenigstens einen Blick auf den Mistkerl werfen können?«

Emma schüttelte den Kopf und erzählte von ihrer

schmerzhaften Bruchlandung. Tomoe verzog mitfühlend das Gesicht.

Auch Melanie hatte nichts gesehen. »Es war viel zu dunkel. Ich hab ihm nur die Pfanne nachschmeißen können und ihn wohl an der Schulter getroffen.« Sie wies auf das Wurfgeschoss, das auf dem Küchentresen lag.

»Emma, was bringst du deiner Freundin bei? Das ist eine sauteure Gusseisenpfanne«, schimpfte Tomoe entrüstet.

»Das hab ich ihr auch schon gesagt.«

Ehe Melanie zum Gegenangriff ansetzen konnte, klingelte Tomoes Handy. Nach einem verwunderten Blick auf das Display meldete sie sich mit neugieriger Stimme.

»Ja? – Ach was, hat er das? – Ja, stimmt. Wir sitzen in der Küche. – Vielleicht, keine Ahnung. – Gut, richte ich aus. – Klar, mach's gut.« Sie legte ihr Handy beiseite und verkniff sich das Lachen. »Bulut hat, wie es scheint, deinen Bruder angerufen, Emma.«

Emma ließ fast ihr Tablett mit Semmeln fallen. »Was?«

»Jep. Anscheinend hat er gesagt, du würdest es sicher nur wieder vergessen. Außerdem sei er ein alter Mann und dürfe es sich erlauben, sich um seine Nachbarin Sorgen zu machen.«

Emma murmelte einen Fluch und stiefelte nach vorn in den Verkaufsraum, um die Semmeln in der Auslage zu deponieren.

»Hat er gesagt, dass er vorbeikommt?«, fragte Melanie hektisch und sah an sich hinunter. Sie trug immer noch ihre Hello-Kitty-Klamotten.

»Mach dir keine Sorgen«, antwortete Tomoe schmunzelnd. »Er fährt zuerst in der Dienststelle vorbei.«

Vierzehn

»Frau Wolf. Sie müssen das Teil irgendwann wieder loslassen, sonst können wir es nicht anschließen.«

Emma ignorierte den amüsiert dreinschauenden Kühlschranklieferanten und umarmte weiter ihren sehnsüchtig erwarteten neuen Eiskasten.

Melanie stand in der Küchentür und beobachtete sie. »Es gibt Länder, in denen darf man Gegenstände heiraten. Wenn du mit deinem Kühlschrank durchbrennen willst – ich halte dich nicht auf«, witzelte sie.

Emmas Neuer war ein Meisterwerk der modernen Kühltechnik. Groß, geräumig, mit Flügeltüren, knallrot. Der Stromverbrauch war verblüffend gering, und das Gerät entsprach den neuesten Umweltstandards. Emma war verliebt. Nur ungern ließ sie von dem neuen Kühlschrank ab und wartete ungeduldig darauf, dass er angeschlossen wurde.

Während Emma sich um ihre Laufkundschaft gekümmert hatte, war Melanie von ihr losgeschickt worden, um die Supermärkte abzuklappern. Emma war fest entschlossen, gleich wieder im großen Stil mit dem Backen anzufangen und den neuen Kühlschrank komplett auszulasten. In der wie neu blinkenden und blitzenden Küche machte die Arbeit einen Heidenspaß, und Emma hätte nicht glücklicher sein können.

Sie war ein sehr reinlicher Mensch, immer auf Hygiene und Sauberkeit bedacht. Aber die Sauberkeit, die die Tatortreiniger hinterlassen hatten, war ein einziges Wunder. Kein einziges Staubkorn, kein Bakterium, kein noch so kleines Fleckchen hatte die Putzaktion in der nun blitzblanken Küche überlebt – wäre da nicht der Einbrecher gewesen, der das zum Teil wieder zunichtegemacht hatte.

Wer immer bei ihr eingestiegen war, hatte, soweit Emma es beurteilen konnte, nichts mitgenommen. Allerdings hatte sie mit Melanies Hilfe einiges wieder an seinen Platz räumen, die Scherben beseitigen und den Boden wischen müssen, ehe die Lieferanten mit dem Kühlschrank gekommen waren.

Da sie nicht mehr für das Fernsehen gefilmt wurde, konnte Emma nun wieder in eine ihrer eigenen Schürzen schlüpfen. Eine von Emmas Macken war ein überfüllter Schrank, bestückt mit Schürzen aller Art, die aus aller Herren Länder rund um den Globus stammten.

»Was häng ich mir heute um den Hals?«, fragte sie ihr neues Arbeitsgerät, als die Lieferanten gegangen waren. Der Kühlschrank gab keine Antwort. Zu seinen Ehren zog sie eine weiße Schürze mit aufgestickten Kirschen aus dem Schrank, die früher von ihrer Großmutter benutzt worden war.

»Schick«, kommentierte Melanie mit einem Lächeln und spitzte die Ohren, als sie die Vordertür hörte und die kleine Bimmel, die die Kunden anmeldete.

»Emma?«

»Hier bei der Arbeit!«

Hendrik kam in die Küche gestürmt; wie zu erwarten war, hatte er eine verärgerte Miene aufgesetzt. Sicher hatte er sich auf dem Weg hierher in Rage gedacht und wollte Emma nun die Leviten lesen, dass sie ihn nicht sofort angerufen hatte. Er blieb allerdings verdutzt stehen, als er seine überglückliche Schwester sah, die fröhlich vor sich hin summend ihren neuen Kühlschrank einräumte, und Melanie, die ihren Zeigefinger an der Schläfe drehte und ein leises »Kuckuck« murmelte.

Er schaltete einen Gang zurück. »Es geht euch gut?«, erkundigte er sich brummig.

Melanie stützte die Hände in die Hüften. »Alles heil. Ich hab dem Typen Emmas Gusseisenpfanne über die Rübe gezogen.«

»Die, die knapp zweihundert Euro gekostet hat?«

»Na und? Wir haben den Kerl in die Flucht geschlagen. Abgehauen ist er, wie eine feige Ratte!«

Hendrik massierte sich die Nasenwurzel, sichtlich bemüht, nicht zu explodieren. »Und warum. Habt ihr. Mich nicht. Angerufen?« Seine Worte kamen stoßweise.

»Na ja, du hast gerade so viel zu tun, wir wollten dir auch mal etwas Ruhe gönnen«, erklärte Melanie.

Hendrik sah Emma an, die vollkommen in ihre eigene Welt eingetaucht war und schon gar nicht mehr zuhörte. Die Freude, wieder in ihrer eigenen Küche arbeiten zu dürfen, war viel zu groß.

Er seufzte. »Gehen wir nach oben. Ich will, dass du mir jedes Detail erzählst.«

Melanie nickte, folgte Hendrik zur Treppe und schloss die Tür zur Küche hinter sich. Emma wurde sich selbst überlassen, was ihr nur recht war. Wenn sie in ihrer Backzone werkelte, konnte man sie ohnehin nur schwer für irgendetwas anderes begeistern.

Neben Emmas Schürzensammlung stand eine kleine Lautsprecherbox, an die sie ihren MP3-Player anschließen konnte. Heute war ihr nach Swing zumute, und so erfüllte bald darauf die Musik des Benny Goodman Orchestra den Raum, und Emma wackelte mit swingenden Hüften zurück zu ihrer Küchentheke.

In der nächsten Stunde tat sie nichts anderes, als im Takt Eier aufzuschlagen, mit Mehl zu hantieren, Zuckerguss anzurühren, Marmelade zu kochen, Marzipan zu schneiden und alles zusammenzufügen, um zuckersüße

Köstlichkeiten zu zaubern. Die Erfinderlust hatte sie gepackt, und so wagte sie sich an einen Pin-up-Kuchen: eine sexy Kuchenfrau in gemustertem Kleidchen und Zuckergussstrapsen. Das und Kuchentorsos mit Zitronenglasur-Sixpacks geisterten schon lange in ihrem Kopf herum. Die Musikbegleitung gab ihrem Schneebesen Extraschwung. Sämtliche Öfen wurden ohne Pause betrieben und die Zuckergüsse in den neuen Kühlschrank gestellt, der noch dabei war, auf die richtige Betriebstemperatur abzukühlen.

Als Nächstes schlitterte Emma zu ihrem Gewürzregal und beschloss, wegen der Wiedereröffnung bei der nächsten Runde Brot ein bisschen verrückter zu werden. Fenchelbrot würde auf der Angebotsliste stehen, Zucchinibrot, Karottenbrot, Krustenbrot und vielleicht Currybrot.

Sie befüllte die erste Schüssel mit Mehl, Wasser und den übrigen Zutaten, nahm sie in den linken Arm und knetete mit der rechten Hand alles kräftig durch. Summend tanzte sie durch ihre Küche und drückte ihren Teig, sodass sie Detlev Müller zuerst gar nicht hereinkommen hörte. Beinahe hätte sie die Schüssel fallen lassen, als sie ihn bemerkte. Ruckartig blieb sie stehen. Ihr Rücken verrenkte sich schmerzhaft, als die Schwungkraft sie weiterzerren wollte, ihre Muskeln auf Anweisung des Gehirns aber den Dienst verweigerten. Die blauen Flecken von ihrem Sturz am Morgen spürte sie jetzt deutlich.

»Detlev!«, rief sie überrascht. »Was machen Sie denn hier?« Kurz sah sie sich um und suchte nach Melanie und Hendrik. »Mein Bruder ist, glaube ich, oben, wenn Sie ihn suchen.« Sie eilte zur Musikbox und drückte den Pausenknopf.

»Ich bin nicht seinetwegen hier.«

Die Abwesenheit der Musik war ihr auf einmal schwer

bewusst. Fix wusch sie sich den Teig von den Händen und trocknete sie an ihrer Schürze ab. Der Blick in Detlev Müllers Augen gefiel ihr nicht. Ganz und gar nicht.

»Frau Wolf, ich muss Sie bitten, mit mir aufs Präsidium zu kommen.«

Emma blickte auf ihre Öfen, in denen ihre Gebäckvariation vor sich hin backte. »Muss es sofort sein? Wenn ich die Öfen jetzt ausmache, kann ich alles wegwerfen.«

Müller wirkte unschlüssig. »Wie lange noch, bis die rausmüssen?«, fragte er.

Emma schaute auf ihre Eieruhr. »Zehn Minuten.«

Müller nickte und schloss die Hintertür, durch die er hereingekommen war. Draußen hatte es zu regnen begonnen. Mit der Schulter lehnte er sich gegen die Wand. »Das geht in Ordnung.«

Während sie schweigend dastanden und warteten, sah sich der Kommissar die Küche genau an. Emma hatte beinahe das Gefühl, er würde nach etwas suchen. Der neue Kühlschrank wurde gemustert, der blitzblanke Boden unter die Lupe genommen.

»Sieht aus, als hätten Sie hier extragründlich sauber gemacht«, bemerkte er. Eigenartigerweise schien Emmas Reinlichkeit für ihn etwas Verdächtiges zu haben.

Sie erzählte ihm vom Besuch der Tatortreiniger und der Inspektion durch das Gesundheitsamt, deckte den Brotteig ab und verstaute ihn im Kühlschrank. Sie würde ihn später noch verarbeiten können. Vom Einbruch erzählte sie nichts, denn sie war überzeugt, dass Müller längst davon wusste.

Die Eieruhr schrillte, und Emma stülpte sich ihre Ofenhandschuhe über die Hände. Als sie die Ofentüren öffnete, breitete sich das Aroma von frisch gebackenem Blätterteig und Rumkuchen in der Küche aus.

»Ah, diesen Geruch habe ich vermisst«, sagte sie genießerisch und stellte die Bleche nacheinander auf ihren hitzeresistenten Arbeitsplatten ab.

»Fertig?«, fragte Müller ungeduldig.

»Moment noch.« Emma nahm sich alle Zeit der Welt und ließ sich nicht drängeln. Sie hängte die Handschuhe wieder an ihren Platz zurück. »Fertig. Aber darf ich fragen, warum ich überhaupt mitkommen muss? Und wieso Sie persönlich hier erscheinen? Sie hätten doch nur Hendrik anrufen müssen, dann wäre ich mit ihm zum Revier gekommen.«

Müller schüttelte den Kopf. »Tut mir leid, Frau Wolf, aber mit Ihrem Bruder sollten Sie im Moment nicht sprechen.«

»Was? Warum?«

Müller öffnete die Tür zum Garten. Der Regen war in ein leichtes Nieseln übergegangen. »Weil er mit einer Mordverdächtigen, die mit ihm verwandt ist, nicht reden sollte.«

♥

Die Herstellung eines guten Kuchens, eines guten Romans, eines guten Weines und aller anderen Dinge, die es zu erleben lohnt, unterliegt gewissen Regeln.

Zucker und Salz, Milch und Mehl, Safran macht den Kuchen gehl – das Wissen der Köche der Vergangenheit hat viele wunderbare Rezepte hervorgebracht. Ein guter Roman basiert auf Figuren, Handlung, Struktur und der Krönung durch eine unerwartete Wendung. Guter Wein braucht viel Sonne und Fürsorge, um die Gaumen der Genießer zu erfreuen.

Aber wie wird aus einem guten Kuchen, einem guten Roman und einem guten Wein etwas Außergewöhnliches? Man fügt eine Geheimzutat hinzu!

Emma besaß ein geheimes Notizbuch mit speziellen Zutaten oder Tricks, die sie für ihre Backwaren verwendete. Ein Weinbauer oder ein Schriftsteller mochte bei seiner Arbeit auf etwas Ähnliches zurückgreifen, um etwas Besonderes zu erschaffen.

Der Mord an Viktoria Schneider, so überlegte Emma, würde in einem Roman ein phantastisches Überraschungsmoment abgeben. Tatsächlich aber war er für alle Beteiligten wie ein Schlag ins Gesicht.

Emma war von Detlev Müller ins Polizeipräsidium gebracht worden, wo man ihr mitgeteilt hatte, dass Viktoria in der letzten Nacht gewaltsam ums Leben gekommen war und sie nun offiziell als Verdächtige galt. Hendrik war bereits dort gewesen, er musste wie der Teufel gefahren sein, um noch vor ihr und Müller im Präsidium anzukommen, und auch Melanie hatte Emma im Hintergrund erkennen können. Doch der Oberkommissar hatte nicht gescherzt, sie durfte vorerst nicht mit ihrem Bruder sprechen. Nicht, ehe sie als Verdächtige ausschied.

Sie hatte aber keinen Zweifel daran, dass er hinter der enorm großen Glasscheibe stand, die die Seitenwand des Verhörzimmers einnahm, in das man sie gebracht hatte, und zusah, wie sie in ihrer Schürze und ihren Kochklamotten auf dem ungemütlichen Plastikstuhl saß und darauf wartete, dass jemand kam, um mit ihr zu reden.

Als hätte sie ihn herbeigewünscht, betrat in diesem Moment Oberkommissar Müller den Raum, eine braune Papiermappe in den Händen. Sein Gesicht war die Definition eines Pokerface. Wie immer war er gestriegelt, gut aussehend, und sein dunkelblauer Anzug schrie: Ich bin ein italienisches Unikat.

Der Raum selbst war genauso wie in den Kriminalserien im Fernsehen: diffuses Licht, der Boden aus billigstem Laminat, kostengünstige Tische und Stühle, graue Wände, kein Fenster und als besonderes Feature die große verspiegelte Glaswand, hinter der einen alle, man selbst aber niemanden sehen konnte. Perfekt, um dem Verdächtigen ein unangenehmes und verunsicherndes Gefühl zu vermitteln. Das jedenfalls funktionierte. Emma fühlte sich gar nicht wohl.

Müller öffnete die braune Papiermappe und knallte Emma ein Foto vor die Nase.

»Oh Gott! Wollen Sie, dass ich Ihnen auf den Tisch kotze?«, rief sie erschrocken und tat, was wohl jeder tun würde: Sie hielt sich die Hände vors Gesicht.

Eine Sekunde hatte gereicht, um das Bild für immer in ihr Gedächtnis zu brennen. Anscheinend hatte man Viktoria Schneider aus dem Fenster ihres Hotelzimmers gestoßen. Das Foto war eine viel zu nahe Aufnahme ihres Kopfes, der vor allen anderen Körperteilen auf der Erde aufgekommen war. Das konnte man daran erkennen, dass die Schädeldecke aufgeplatzt war und ein Teil des Gehirns der Außenwelt Hallo sagte. Überall war Blut, die Haare der Aufnahmeleiterin klebten an ihrer Stirn. Die weißen Stellen im Gefüge, die Emma in dem kurzen Augenblick hatte sehen können, waren ohne Zweifel Knochen gewesen.

Vorsichtig, mit geschlossenen Augen, packte sie die Kanten des Bildes und drehte es um.

»Sie können mich doch nicht so erschrecken. Über einen Kübel gebeugt werde ich Ihnen kaum eine Hilfe sein, Detlev«, erklärte sie und schob ihm das Foto zu.

Im Gesicht des Kommissars zuckte kein einziger Muskel, er legte ihr nur das nächste Foto hin.

Es war eine Ganzkörperaufnahme. Da die Details nur schwer zu erkennen waren, war es nicht gar so schlimm anzusehen. Aber immer noch schlimm genug. Viktorias Glieder standen unnatürlich in alle Richtungen ab. Der

Pflasterstein unter ihr war mit einem Blutmuster versehen.

»Oh Mann.«

»Ich frage Sie geradeheraus, Frau Wolf. Und ich will eine ehrliche Antwort. Haben Sie Frau Schneider aus dem Fenster ihres Hotelzimmers gestoßen?«

Emma sah ihn ungläubig an. »Sie scherzen.«

Müller verschränkte die Arme vor der Brust. »Sehe ich aus, als würde ich scherzen?«

»Nicht wirklich.« Emma schluckte und schob ihm auch das zweite Foto zu, ehe sie antwortete. »Nein, ich habe Viktoria Schneider nicht aus dem Fenster gestoßen. Wie in aller Welt kommen Sie nur darauf?«

Detlev Müller hatte offenbar Erfahrung darin, Menschen zu verhören. Er kam Emma vor wie ein britischer Geheimagent aus einem Film. Elegant, gut gepflegt, ein intelligentes Blitzen in den Augen. Gefährlich.

Müller griff nach der Lehne des Stuhls, der vor ihm am anderen Ende des Tisches stand, drehte ihn um und setzte sich rittlings darauf. Seine Arme ruhten auf der Lehne. »Ich komme darauf«, begann er, »weil ich einige Zeugen habe, die mir sagten, dass Sie vorgestern in einem Restaurant lauthals mit der Toten gestritten haben.«

Emma kratzte sich ertappt im Nacken. Daran hatte sie jetzt gar nicht mehr gedacht. »Ja, das stimmt«, gab sie zu.

»Außerdem waren Sie über Frau Schneiders Interview, das wir uns gestern im Pausenraum angesehen haben, nicht sonderlich begeistert«, bohrte Müller weiter nach.

Emma runzelte die Stirn. Bei so einer Berichterstattung wäre doch jeder explodiert!

»Worum ging es bei diesem Streit im Restaurant?«

Emma erzählte Müller Wort für Wort, was sich auf

der Toilette von Alfredos Pizzeria zugetragen hatte, dass sie sich danach ihre Tasche geschnappt hatte und wütend nach Hause gegangen war.

»Und der Streit hat sich später oder am Tag danach nicht fortgesetzt? Kann jemand bezeugen, wann Sie an dem Abend nach Hause gekommen sind?«, fragte er.

»Nein.« Emma hatte sich nach dem Streit noch die Beine in der Altstadt vertreten, bis ihre Wut verraucht war. Hendrik und Melanie hatten schon geschlafen, als sie zu ihrem Bruder nach Hause gekommen war. Und gestern war sie mit Melanie zurück in ihre eigene Wohnung gezogen.

»Wo genau waren Sie heute in den frühen Morgenstunden, etwa zwischen zwei und fünf Uhr dreißig?«, hakte Müller nach und rückte mit seinem Stuhl etwas näher.

»Das kommt darauf an. Entweder habe ich geschlafen, oder wir haben den Einbrecher verprügelt, der sich gestern Nacht bei mir eingeschlichen hat.«

Müller sah sie verdutzt an. »Bei Ihnen ist eingebrochen worden?«

Emma nickte. »Gestern Nacht. Hat Hendrik Ihnen noch nichts erzählt?«

»Und das kann jemand bezeugen?«

Emma nickte erneut. »Meine Freundin Melanie, die draußen im Gang stand, hat dem Einbrecher meine sauteure Gusseisenpfanne nachgeworfen. Außerdem hat der Krach meine beiden Nachbarn geweckt, Tomoe Winter und Bulut Aydin, und sie kamen nachsehen.«

Emma hatte das Gefühl, dass Müller einen Gang zurückschaltete. Sie wusste, er machte nur seine Arbeit. Und eine zweite Tote innerhalb von nur einer Woche, aus demselben Fernsehteam, das war ganz und gar nicht gut. Also hatte er Druck auf sie ausüben wollen. Nun schien es ihm weniger darum zu gehen, Emma als Täterin zu überführen, sondern darum, Informationen zu sammeln.

»Wie war Ihre Beziehung zu der Toten?«

»Meine Beziehung?«

»Haben Sie sie gemocht? Wie war es, mit ihr zusammenzuarbeiten?«

Konzentriert dachte Emma an die letzten Wochen zurück. Viktoria war immer gestresst und hektisch gewesen, aber bis auf den letzten Abend hatte sie die Aufnahmeleiterin eigentlich als nette Person wahrgenommen.

»Sie war sehr auf ihre Arbeit konzentriert«, erklärte Emma. »Viktoria war perfektionistisch und irgendwie auch die einzige Person, die Benedikt halbwegs im Griff hatte. Ich hatte nichts gegen sie, aber wir wären, glaube ich, nie gute Freundinnen geworden.« Sie sah Müller offen an. »Okay, seit ihrem pietätlosen Vorschlag bei Alfredo und diesem Auftritt gestern habe ich sie absolut nicht mehr gemocht. Aber nur wegen so was bringt man niemanden um. Ich hätte mir zwar gewünscht, dass sie auf einem Berg von Legosteinen ausrutscht oder sich an Papier schneidet, aber …«

Müller nahm die Mappe wieder zur Hand, schlug sie auf und reichte ihr ein Foto von einer kleinen braunen Flasche. »Erkennen Sie das hier wieder?«, fragte er, ohne ihr zu erklären, worum es sich handelte.

Emma schüttelte den Kopf.

»Diese Beruhigungstropfen wurden nach dem Mord an Benedikt Diebenkorn in Ihrem Kühlschrank gefunden«, erklärte Müller.

»Der Kühlschrank, in dem auch die Leiche war?«

Statt einer Antwort stellte er eine Gegenfrage. »War Ihnen bewusst, dass Herr Diebenkorn regelmäßig Beruhigungstropfen nahm?«

Emma erklärte, dass sie ein- oder zweimal mitbekommen hatte, wie der Moderator Tropfen aus einer solchen Flasche zu sich nahm, das Fläschchen auf dem Foto aber nicht zwingend mit ihm in Verbindung gebracht hatte. Es sah aus wie jedes andere Behältnis, das man in der Apotheke bekam, wenn man eine besondere Medikamentenmischung erhielt.

»Eine Frage noch, Frau Wolf. Wächst zufällig Blauer Eisenhut in Ihrem Garten?«

Diese Frage konnte Emma voller Überzeugung verneinen. Ihr Garten war für Obstbäume, Sträucher und Gemüse da – nicht für hübsche, aber todbringende Blumen.

Ein kräftiges Klopfen ließ Emma aufblicken. Sie war sich sicher, dass es jemand hinter der Glaswand war, der Aufmerksamkeit erregen wollte.

»Sie bleiben hier«, befahl Müller und schritt elegant nach draußen.

Emma blieb allein mit ihren Gedanken und den Fotos auf dem Tisch zurück. Mutig holte sie tief Luft und sah sich die Fotos von Viktoria erneut an. Sie musste von ziemlich weit oben gefallen sein. Soweit Emma wusste, hatte das Fernsehteam in einem Innenstadthotel gewohnt, in einem Stockwerk über den Dächern von Linz. So widerlich ihr Angebot auch war, dachte Emma, das hat sie nicht verdient.

Nachdenklich lehnte sie sich zurück und schlug die Beine übereinander. Zuerst wird Benedikt in meinen Kühlschrank gesteckt, überlegte sie. Müllers Fragen zufolge hat man ihn mit Blauem Eisenhut in seinen Beruhigungstropfen vergiftet. Eine Woche später fällt Viktoria aus dem Fenster. Was hat diese Filmcrew nur verbrochen, dass man ihr an den Kragen will? Ein Zufall kann das auf keinen Fall mehr sein. War einer von ihnen vielleicht sogar der Einbrecher?

Der Mord an Benedikt Diebenkorn war für Emmas Begriffe nichts, was aus einer Laune heraus geschehen war. Eine solche Tat musste geplant werden, Zuckerguss inklusive. Aber jemanden aus dem Fenster zu stoßen kam ihr vor wie eine Tötung im Affekt.

Hatte Viktoria mit jemandem gestritten außer ihr? Und dann war da noch die Uhrzeit ihres Todes. Mit wem hatte sich die Aufnahmeleiterin mitten in der Nacht getroffen?

Irgendjemand hatte die Beruhigungstropfen von Diebenkorn vergiftet und die Flasche in ihrem Kühlschrank platziert, um den Verdacht auf sie zu lenken. Das war auf jeden Fall gelungen. Aber der Mörder hatte nicht mit ihrem Bruder gerechnet – ein Alibi, welches nur schwer zu widerlegen war.

War der Einbrecher vielleicht ebenfalls nicht zu ihr in die Küche gekommen, um etwas zu stehlen, sondern um dort etwas zu platzieren?

Emma wusste nicht, aus welchem Grund man Benedikt getötet hatte. Doch es gab anscheinend genug Gründe, ihn zu verachten. Galt das auch für Viktoria? Die beiden Morde nicht zu verknüpfen und als individuelle Taten zu sehen erschien Emma nicht logisch.

»Zerbrich dir nicht dein hübsches Köpfchen, Kleines«, sagte eine Stimme von der Tür her. Hendrik stand im Rahmen und lächelte aufmunternd.

Emma runzelte die Stirn. »Darfst du mit mir reden?«, fragte sie neugierig. Vor einer Stunde hatte man ihr noch jeglichen Kontakt zu ihrem Bruder verboten.

»Nur, wenn ich dabei bin«, antwortete Müller, der nun zusammen mit Hendrik den Verhörraum betrat. Beide setzten sich. »Ihr Bruder, Frau Wolf, hat mir versichert, dass Sie mit uns kooperieren und uns bei dieser Ermittlung assistieren werden. Er hat außerdem bei seiner Dienstwaffe geschworen, dass Sie keine Mörderin sind.«

Emma schluckte. Sie wusste natürlich, dass sie keine Mörderin war, und sie hatte von Hendrik nichts anderes erwartet. Trotzdem war es sehr beunruhigend, so genannt zu werden.

»Wie kann ich helfen?«, fragte sie, um den Kommissar von ihrer Bereitschaft zu überzeugen.

Hendrik und Müller sahen sich kurz an. Hendrik nickte, und sein Vorgesetzter übernahm wieder das Ruder.

»Wir versuchen alle Möglichkeiten in Betracht zu ziehen, um den Mörder zu finden, der Benedikt Diebenkorn und Viktoria Schneider getötet hat. Dass diese beiden Taten zusammenhängen, erscheint logisch.«

Emma nickte. Genau das hatte sie sich ja auch schon überlegt.

»Es gibt allerdings eine Perspektive, die wir noch nicht überprüft haben.«

Hendrik wirkte nervös, so als ob ihm die nächsten Worte des Kommissars nicht gefallen würden. Kurz darauf wusste Emma, warum das so war.

»Frau Wolf, könnte es vielleicht sein, dass jemand diese beiden Menschen umgebracht hat, um Sie aus dem Weg zu räumen?«

Stille breitete sich aus. Die Worte von Kommissar Müller waren zu Emmas einem Ohr rein- und zum anderen wieder rausgeflogen. Sie musste ihnen mit all ihren Sinnen nachspüren, ehe sie sie fassen konnte.

»Damit ich Sie richtig verstehe. Sie fragen mich, ob jemand Leute umbringt, um es *mir* anzuhängen? Um mich loszuwerden?« Dieser Gedankengang gefiel ihr ganz und gar nicht. Mehr noch, sie fand ihn äußerst beunruhigend.

Hendrik versuchte, sie zu beschwichtigen. »Wie gesagt, wir wollen wirklich alles in Betracht ziehen, was irgendwie denkbar erscheint.«

Kommissar Müller fuhr fort: »Offensichtlich haben Sie ja zumindest einen Feind, nämlich den aufdringlichen Reporter, den Sie mit Kuchen beworfen haben …«

»Penis-Cake-Pops«, korrigierte Emma, biss sich dann aber auf die Zunge und blieb still.

»Fällt Ihnen sonst noch jemand ein, dem Sie ein Dorn im Auge sein könnten? Hatten Sie in letzter Zeit unzufriedene Kunden? Hat sich ein Nachbar aufgeregt? Hatten Sie vielleicht Streit, richtigen Streit, mit jemandem von der Filmcrew?«

Emma wollte all diese Fragen kurz und knapp verneinen, hielt jedoch inne. Nachdenklich stemmte sie ihr Kinn auf ihre Faust. »Sag mal, Hendrik, hast du zufällig die Zeitung irgendwo herumliegen, in der der Artikel mit meinem Foto erschienen ist?«

Hendrik dachte nicht lange nach, stand auf und eilte in sein Büro. Als er zurückkam, hielt er den sauber aus der Zeitung ausgeschnittenen Artikel in der Hand.

Emma überflog das Blatt, drehte den in Folie eingeschweißten und mit dem Loch einer Pinnadel versehenen Ausschnitt um, schob ihn den beiden hin und zeigte auf den Satz, nach dem sie gesucht hatte: »Bereits seit längerer Zeit werden Stimmen laut, die den Verkauf von erotischen Backwaren als anrüchig anprangern und einen Imageverlust für die Region befürchten.«

»Hendrik, erinnerst du dich an Carlotta Münster?«

Ihr Bruder nickte. »Und ob ich mich an die Ziege erinnere.«

»Carlotta Münster? Wieso sagt mir dieser Name etwas?«, fragte Müller und schien zu überlegen.

»Sie ist eine Gemeinderätin, sehr konservativ und religiös, die seit der Eröffnung von Emmas Bäckerei immer wieder versucht hat, Proteste zu starten, und die den Verkauf von erotischen Backwaren für absolut unmoralisch hält.«

»Hier steht es, sehen Sie?« Emma tippte wieder auf den Artikel. »›Besonders Gemeinderätin und Aktivistin Carlotta Münster, die sich für das Wohl und die Erziehung von unterprivilegierten Kindern einsetzt, geht mit dem Geschäftsmodell der erotischen Bäckerei scharf ins Gericht.‹ – Das ging vor zwei Jahren sogar so weit, dass sie eine Gruppe Jugendlicher dafür bezahlen wollte, meine Auslage mit Spraydosen zu besprühen«, berichtete sie. »Blöderweise waren das Stammkunden von mir – Sie wissen ja, mit fünfzehn findet man Penisse und Vaginas extrem lustig, besonders in Kuchenform –, und sie haben sie sofort bei mir verpetzt. Natürlich wollte sie später, als ich mich beschwert habe, nichts davon gewusst haben.«

»Natürlich nicht«, antwortete Müller und machte ein wissendes Gesicht. Sicher hatte er hin und wieder seine eigenen Kämpfe mit Bürgermeistern und Gemeinderäten auszufechten. »Aber trauen Sie dieser Carlotta Münster tatsächlich zwei Morde zu?«

Emma zuckte mit den Schultern. »Mittlerweile traue ich jedem alles zu. Es scheint für denjenigen, der das Ganze hier veranstaltet, keine Regeln mehr zu geben.«

Da mussten die beiden Kommissare ihr recht geben.

Emma wurde entlassen, mit der Bitte, die Stadt nicht zu verlassen und die Augen offen zu halten. Was sie sowieso tat, denn sie hatte plötzlich das Gefühl, von allen Seiten beobachtet zu werden.

Fünfzehn

»Manfred! Lass das liegen! *Manfred!*«

Hendrik biss die Zähne zusammen und bemühte sich, die schrille Stimme der Gemeinderätin auszublenden. Sie schrie ihren vierjährigen Sohn an, der gerade versuchte, den Kaugummi, den er fallen gelassen hatte, wieder in seinen Sabbermund zu stopfen.

»Also, was ist denn so wichtig, Herr Kommissar, dass Sie mir die Mittagspause mit meinem Sohn verderben?«

Hendrik hatte die Gemeinderätin zuerst in ihrem Büro aufsuchen wollen, dort aber die Information bekommen, dass sie mittwochs mit ihrem Sohn die Promenade besuchte, um mit ihm Mittag zu essen, ehe sein Kindermädchen ihn wieder abholte.

Die beiden hatten sich auf einer der Bänke niedergelassen, die entlang der Promenade standen. Die Jahreszeit hatte die Letztere in ein mit Blätterdach und Altstadtcharme verzaubertes Plätzchen verwandelt. Die Blätter raschelten, der süßliche Duft von Blumen hing in der Luft, und die Eisdielen machten ordentlich Umsatz. Der Standort wäre auch für Emmas Foodtruck Gold wert gewesen, doch die Gemeinderätin hatte ein Verbot durchgeboxt, das es ihr untersagte, ihre Leckereien (jugend- sowie nicht jugendfreie) an der Promenade zu verkaufen.

»Ich möchte Ihnen ein paar Fragen zum Mord an diesen beiden Personen stellen.« Hendrik reichte der Gemeinderätin die Fotos von Benedikt Diebenkorn und Viktoria Schneider und achtete genau auf ihre Mimik und Körpersprache.

Carlotta Münster war, um es kurz zu beschreiben, ein Strich in der Landschaft. In Grau. Hendrik hatte das Gefühl, dass ein Stock als Wirbelsäule der Frau fungierte, gerade stabil genug, um sie aufrecht zu halten. Ohne den wäre die dünne Bohnenstange in sich zusammengefallen. Kein einziges Gramm Fett war an ihr zu sehen, ihre Knochen zeichneten sich unter der Haut ab, als würde das Skelett aus ihr herauskriechen wollen. Sie war blass, hatte dünnes, krauses Haar und Glubschaugen. Hendrik hatte schon früh in seinem Leben gelernt, dass man Menschen nicht nach ihrem Äußeren beurteilte. Leider war der Charakter der Frau das Äquivalent zum Biss in eine Zitrone. Sauer, bitter, abstoßend und unter allen Umständen zu vermeiden.

Carlotta Münster betrachtete die Fotos und runzelte die Stirn. Ihre Haut war so trocken, dass die Falten aussahen wie Sanddünen in der Sahara. Sie schürzte ihre dünnen Lippen und kniff die Augen zusammen. »Nun, der Mann ist mir natürlich bekannt, er war in allen Zeitungen. Aber die Frau habe ich noch nie gesehen.«

Hendrik nahm die Fotos wieder an sich. »Der Name des Mannes ist Benedikt Diebenkorn. Er war Moderator im deutschen Fernsehen. Bei der Frau handelt es sich um Viktoria Schneider. Sie war die Aufnahmeleiterin der Sendung und ist vom Sender kürzlich überraschend zur neuen Moderatorin ernannt worden. Sie wurde allerdings aus dem Fenster ihres Hotels gestoßen.«

»Wie furchtbar«, kommentierte die Gemeinderätin monoton, ohne mit der Wimper zu zucken.

»Die Todesfälle stehen beide in Zusammenhang mit der Bäckerei von Emma Wolf. Uns ist bekannt, dass Sie eine Gegnerin von ›Lust & Sahne‹ sind?«

Carlotta Münster schnaubte verächtlich und verschränkte die skelettartigen Arme vor ihrer kaum vorhandenen Brust. »Aber natürlich. Wie kann man solche Backwaren verkaufen? Wer will so etwas überhaupt essen? Dabei handelt es sich um Gefährdung der Jugend. Ich wüsste nicht … Manfred. *Manfred!* Lass die Tauben in Ruhe! Du weißt nicht, was die für Krankheiten mit sich rumschleppen!«

Manfred dachte gar nicht daran und lief weiter glücklich über die Wiese, um den vielen Tauben nachzujagen. Hendrik beneidete den kleinen Jungen absolut nicht um seine Mutter, aber er hatte selbst auch kein besseres Los gezogen. Wenigstens war Marla Wolf in Erziehungsfragen um einiges lockerer gewesen – manchmal sogar etwas zu locker.

»Nun, laut unseren Ermittlungsunterlagen und einigen Zeugenaussagen scheinen Sie wirklich sehr viel getan zu haben, um die Bäckerei von Frau Wolf –«

»Ihrer Schwester.«

»Bitte?«

Carlotta Münster fixierte Hendrik wie ein Habicht eine Maus. »Ach, tun Sie nicht so. Ich weiß genau, dass Frau Wolf Ihre Schwester ist. Mich hier zu befragen muss doch ein Vergnügen für Sie sein. Ein geschickter Schachzug, um sich an mir zu rächen, ja?«

Hendrik verkniff sich ein Lächeln und versuchte, so professionell es ging weiterzumachen. »Ich versichere Ihnen, so abstoßend ich Sie auch finde, Frau Münster, ich mache nur meine Arbeit. Laut unseren Ermittlungsunterlagen haben Sie es trotz eines gescheiterten Vandalismus-Versuchs auf die Bäckerei von Frau Wolf geschafft, ›Lust & Sahne‹ die Verkaufslizenz für die Promenade und den Bereich der Einkaufsstraßen abzuerkennen.«

»Damit hatte ich absolut nichts zu tun!«, pfefferte die Frau heraus und ballte ihre kleinen knochigen Fäuste.

»Aber natürlich nicht.«

»Was wollen Sie hier eigentlich andeuten, Herr Kommissar?«

»Wie gesagt, ich gehe nur meiner Arbeit nach, Frau Gemeinderätin. Und ich deute an, dass Politiker sich nicht gern selbst die Hände schmutzig machen.«

Diese Bemerkung brachte ihm von seinem Gegenüber ein süffisantes Lächeln ein. »Ich denke, unsere Unterhaltung ist hiermit beendet, Herr Wolf. Seien Sie versichert, dass ich mich bei Ihrem Vorgesetzten über Sie beschweren wer… Manfred! *Manfred!* Wirst du wohl von Adalbert Stifter runtergehen!«

Der Kleine war dazu übergegangen, die Statue des berühmten Dichters zu erklimmen, und seine Mutter ließ Hendrik in der Sonne stehen, um ihren Sohn sicher herunterzuholen. Hendrik hätte sich derweil am liebsten selbst einen Arschtritt verpasst. Natürlich wusste er, dass Müller sich nun mehr als nötig mit dem Knochengestell herumschlagen musste, aber das störte ihn weniger.

Was ihn wirklich ärgerte, war, dass er es nicht fertiggebracht hatte, aus der Frau brauchbare Informationen herauszuquetschen.

Sechzehn

»Die Boulevardpresse ist scheiße.«

Oberkommissar Detlev Müller, heute gekleidet in einen simplen schwarzen Anzug und eine weinrote Krawatte, sah von seinem Tablet-Computer auf und hob fragend die Augenbrauen.

Hendrik reichte ihm ein paar Fotos und einen Bericht. »Die Kollegen in Berlin sind einigen Hinweisen nachgegangen«, erklärte er vage.

»Ich dachte, die Kollegen in München und Berlin schnapsen immer noch die Zuständigkeit aus?«, fragte Müller.

Hendrik, ohne Anzug, mit Jeans, antwortete: »Nein, inzwischen läuft alles wie geschmiert. Berlin hängt an Diebenkorn und seiner Umgebung dran, München stochert im Misthaufen des Fernsehsenders herum. Nichtstun und Herumsitzen scheint denen genauso auf die Eier zu gehen wie uns.«

Müller dachte nicht daran, Hendrik darauf aufmerksam zu machen, dass seine Wortwahl etwas ordinärer war als sonst. Er hörte es gern – eine ordinäre Wortwahl bedeutete bei Hendrik Wolf, dass er arbeitete wie ein Stier und Spuren nachging wie ein bluthungriger Jagdhund. Das brachte oft gute Ergebnisse.

»Also, warum ist die Boulevardpresse – wenig überraschend – mit Fäkalien zu vergleichen?«, wollte er wissen.

Hendrik deutete auf den Bericht. »Laut Fernsehen hat man sich doch Sorgen um Diebenkorns Gesundheit gemacht, da er im letzten Jahr mehrere Krankenhäuser in Berlin aufgesucht und wieder verlassen hat.«

»Und?«

Hendrik zischte genervt und stemmte eine Hand in die Hüfte. »Bis auf seine trockenen Augen und seine schwarze Lunge vom Paffen war der Mann kerngesund«, berichtete er.

»Warum war er dann ständig in irgendwelchen Krankenhäusern?«

»Die Kollegen haben sich auf den Stationen umgehört, um genau das herauszufinden. Benedikt Diebenkorn hat in verschiedenen Krankenhäusern kranke Kinder besucht und ihnen vorgelesen. Vorgelesen! Für die Kinder dort ist der Mann ein Superheld!«

Müller lachte ungläubig. »Das kaufe ich Ihnen nicht ab. Laut den Aussagen sämtlicher Zeugen war der Mann ein Arschloch.«

Hendrik zuckte mit den Schultern. »Anscheinend nicht gegenüber Kindern. Eine Krankenschwester, mit der er wohl ein Techtelmechtel hatte, sagte aus, sein Therapeut und Entzugsberater habe ihm dazu geraten, etwas ›Bereicherndes für seine Seele‹ zu tun. Und nach einer Weile schien er sich auf die Besuche bei den Kindern richtig gefreut zu haben.«

»Interessant. Na ja, das sagt uns wenigstens, dass wir das Motiv nicht bei seiner Gesundheit suchen müssen. Gute Arbeit, Wolf.«

Er senkte den Blick, doch Hendrik rührte sich nicht von der Stelle, sondern blieb stehen, wo er war. Offensichtlich wollte er seinen Vorgesetzten etwas fragen, wusste aber nicht, wie er sein Anliegen formulieren sollte.

»Ja?«

»Haben Sie über Carlotta Münster irgendetwas herausgefunden, Chef?«

Nachdem Hendrik am Vortag ohne nennenswertes Ergebnis von seiner Unterredung mit der Gemeinderätin zurückgekehrt war, hatte Müller ihm versprochen, selbst ein paar Hebel in Bewegung zu setzen. Politiker ließen sich nicht gern in die Karten sehen. Kam der Chef persönlich, zogen sie aber zumeist schnell den Schwanz ein.

»Unsere Gemeinderätin hat offen zugegeben, dass sie vom Etablissement Ihrer Schwester nicht gerade begeistert ist. Allerdings hat sie ein Alibi.«

»Ach ja?«

»Sagen wir es so: Die Buchhaltung wird sich über eine größere Spesenabrechnung wegen der Telefongebühren wundern. Unsere geschätzte Frau Münster befand sich zum Zeitpunkt, als Diebenkorn ermordet wurde, in der Reha nach einer Hüftoperation – in den USA. Sie scheidet also aus. Gestern war ihr erster Arbeitstag nach ihrer Rückkehr nach Österreich zwei Tage zuvor.«

♥

Dass Carlotta Münster für den Mord an Diebenkorn ein Alibi hatte, empfand Hendrik als derben Rückschlag. Trotzdem hieß das nicht, dass man seiner Schwester nicht doch vielleicht etwas anhängen wollte. Er nahm sich vor, einen Blick in Emmas Kundenkartei zu werfen und zu sehen, ob jemand in den letzten Wochen und Monaten negativ aufgefallen war.

Auf dem Weg zurück in sein Büro wurde seine Laune nicht gerade besser. Er mochte es nach wie vor nicht, dass seine Schwester an seiner Mordtafel hing, auch wenn sie auf der Verdächtigenliste ganz unten stand. Dieser Fall nahm unangenehme Wendungen. Ebenso wenig gefiel ihm das neue Gesicht an seiner Mordwand. Melanie, die gestern ihre Zeugenaussage zum Einbruch zu Protokoll gegeben hatte, lächelte ihm charmant entgegen.

Hendrik versuchte, sich mit Arbeit abzulenken, und verbrachte den Rest des Tages damit, Skype-Gespräche mit Kolleginnen und Kollegen in Deutschland zu führen. Tag für Tag schickte er ein Dankgebet gen Himmel für die Erfindung der modernen Technik. Sie machte seine Arbeit um so vieles leichter.

Es war fruchtlos. Auch ein Telefonat mit Diebenkorns Therapeuten ergab nicht viel. Der Mann war sehr bestürzt über den Tod seines Patienten, konnte Hendrik aber mit einem guten Charakterbild des Moderators versorgen.

»Er war eine sehr zornige Seele«, berichtete er. »Sehr viel Bitterkeit und Eitelkeit. Aber im letzten Jahr hat er sehr große Fortschritte gemacht, ist auf andere Leute zugegangen. An seiner sozialen Kompetenz wollten wir allerdings arbeiten.«

An einen pünktlichen Büroschluss um fünf war heute nicht zu denken. Hendrik hatte Berge von Material durchzuackern. Der Fernsehsender hatte per Kurier aus München vertrauliche Personaldaten geschickt. Während im Hintergrund das Radio lief, legte Hendrik die Füße hoch und lehnte sich in seinem Sessel zurück. Noch ein Grund, warum er lieber ein Büro hatte, in dem man herumrennen konnte: In seinem Sessel war es viel zu gemütlich, und er lief Gefahr, einzuschlafen.

Wie befürchtet wachte er mitten in der Nacht auf, sein Kreuz schmerzte, und er wäre beinahe vom Stuhl gefallen. Müde und erschöpft sah er auf die Uhr – zwei Uhr morgens. Dieser Fall raubte ihm wirklich den letzten Nerv.

Siebzehn

»Also ehrlich, wollen Sie unbedingt in den Knast?«, donnerte Emma.

Das Wetter hatte sich seit vorgestern nicht gebessert, aber zumindest waren an diesem Morgen wieder die ersten Laufkunden an die Theke gekommen. Als der Ansturm um zehn Uhr vormittags wieder vorbei war, fand Emma sich allein in ihrer Bäckerei wieder – oder besser gesagt, allein mit dem Reporter, der seine Nase an der Scheibe platt gedrückt hatte und nun den Laden betrat. Sie hielt gezielt nach seiner Kamera Ausschau, doch die war offensichtlich in seinem Rucksack verstaut.

»Schätzchen, wir müssen reden«, erklärte René Loser, ihre Frage ignorierend.

Mit vor der Brust verschränkten Armen und einer hochgezogenen Augenbraue blickte sie ihm herausfordernd entgegen. Ihre defensive Haltung änderte sich aber, als sie bemerkte, wie erschöpft und gleichzeitig gestresst der Mann aussah. Vor ein paar Tagen noch war er die Hochnäsigkeit und Coolness in Person gewesen, jetzt stand er vor ihr wie ein Häufchen Elend, nass vom Regen und blass wie ein weißer Pudel.

»Setzen Sie sich«, befahl sie.

Der Reporter widersprach nicht und pflanzte sich auf den Stuhl an der Wand. Er stützte die Ellenbogen auf die Kante des kleinen Kaffeetischchens und vergrub das Gesicht stöhnend in den Händen. Seinen Rucksack hatte er zu seinen Füßen abgestellt.

Emma konnte den Paparazzo immer noch nicht leiden, aber so ein armseliges Etwas konnte sie unmöglich ohne eine Tasse Tee und Kuchen wieder auf die Straße lassen. Wenige Minuten später standen ein Pappbecher mit dampfender Flüssigkeit und zwei Punschmöpschen vor dem Reporter.

»Greifen Sie zu. Und dann erzählen Sie mir, warum Sie hier reingetorkelt sind.«

Emma hatte ihren Satz noch nicht beendet, da hatte der Paparazzo seine Zähne schon in den zartrosa Punschkrapfen gegraben. Verzückt verdrehte er die Augen und kaute glücklich.

Dieser Anblick zauberte Emma immer ein Lächeln ins Gesicht. Es bewies ihr, dass, egal, welche Formen ihre Backwerke hatten, jeder daran Freude hatte.

Geduldig wartete sie, bis Loser aufgegessen hatte. Schließlich war der Teller leer, und er schlang die Hände um den warmen Pappbecher.

»Ich weiß, dass Sie Viktoria Schneider nicht getötet haben«, hob er an und starrte in seinen Tee.

Emma war verblüfft. Wie konnte dieser Mann denn wissen, wo sie sich aufgehalten hatte?

»Wenn Sie mir jetzt erzählen, dass Sie neulich Nacht bei mir eingestiegen sind, um Fotos von mir und meiner Freundin zu schießen, dann breche ich Ihnen die Beine«, knurrte sie und meinte es zur Abwechslung todernst. Wenn Emma etwas hasste, dann waren es Stalker.

Zu ihrer Erleichterung schüttelte der Reporter den Kopf. »Ich war nicht bei Ihnen. Ich war im Hotel«, gestand er.

Ah, daher wehte der Wind. »Ja?«

»Da Sie ja so vehement darauf bestanden, kein Wort zur Presse zu sagen …«

»Vorsicht, Freundchen.«

»… habe ich versucht, aus den Fernsehleuten irgendetwas herauszubekommen. Ich hab mich im selben Hotel eingebucht und wollte die Gruppe überzeugen, mit mir zu reden.«

Emma war viel zu neugierig, um ihn zu unterbrechen.

»Vorgestern Nacht kam die ganze Truppe geschlossen um elf Uhr zurück ins Hotel. Der Kameramann ließ mich sofort abblitzen, der Typ in den schwarzen Klamotten und die kleine Puppe ließen mich wenig später ebenfalls stehen, aber Frau Schneider war auf einmal sehr interessiert. Sie meinte, sie hätte zwar zum Tod von Benedikt nichts Neues zu berichten, aber über Sie gäbe es einiges zu sagen.«

Das war nach der Ausstrahlung des Interviews gewesen, das Emma mit Hendrik in dessen Dienststelle gesehen hatte. Viktoria hatte auf dieselbe Weise weitermachen wollen, schlussfolgerte Emma und fand die Richtung, die dieser Bericht nahm, gar nicht gut.

»Und was haben Sie dann … Ach, wie war noch gleich Ihr Name?«

»René«, murmelte er.

»Also, René, was haben Sie dann gemacht?«, wollte Emma wissen. Ihr Spürsinn hatte sich gemeldet. Dieser Mann wusste etwas.

»Wir sind nach oben in das Zimmer von Frau Schneider gegangen«, erklärte er und fischte seine Kamera aus dem Rucksack. Er drückte ein paar Knöpfchen und zeigte ihr dann einige Bilder.

Viktoria musste sich für das Interview und die Fotos extra umgezogen haben. Sie trug ein schwarzes Kostüm und eine hellblaue Bluse und war auffällig geschminkt. Der Zeitstempel auf den Bildern zeigte dreiundzwanzig Uhr fünfundzwanzig an.

»Die Frau hat einen wahren Shitstorm über Sie losgelassen. Was für eine Dilettantin Sie wären, dass die

Arbeit mit Ihnen unerträglich war, dass Sie Benedikt Diebenkorn verabscheut hätten – alles Mögliche. Ich hatte eine wahre Goldgrube an Informationen gefunden.« Die Farbe kehrte allmählich in sein Gesicht zurück, und er erzählte weiter, wie der Abend verlaufen war. »Wir redeten bis ungefähr ein Uhr morgens, ich machte mir haufenweise Notizen und bin dann gegangen. Ich wollte den Artikel sofort schreiben, solange noch alles frisch war.«

Emmas Miene hatte sich immer weiter verfinstert, während René Loser auf seinem Stuhl immer kleiner und kleiner geworden war.

»Und welchem Umstand verdanke ich, dass von meiner Unerträglichkeit heute nichts in der Zeitung steht?«, fragte sie unwirsch und schlug die Beine übereinander.

Loser schluckte. »Mein Zimmer lag am Ende des Ganges, also habe ich nichts hören können, was vielleicht vor ihrer Tür geschah. Aber mein Fenster stand offen. Ungefähr um zwei Uhr nachts hörte ich dann einen furchtbaren Schrei. Ich bin zum Fenster geeilt und habe Frau Schneiders Körper unten auf der Straße liegen sehen.« Er stockte.

René Loser erzählte weiter, er habe aus der Höhe nicht erkannt, wer gestürzt war und aus welchem Stockwerk. Aber als Reporter vor Ort wollte er natürlich sofort die Story für sich sichern.

»Als ich dann sah, dass es Frau Schneider war, die am Boden lag, habe ich Panik gekriegt. Ich konnte schon die Polizeisirenen hören, also bin ich zurück in mein Hotelzimmer, hab alles ausgeräumt und mich durch den Hinterausgang davongemacht. Erst gestern habe ich offiziell ausgecheckt. Und seither überlege ich, was ich nun machen soll.«

Emma schwieg eine Weile und verdaute die Geschichte, die der Reporter ihr dargeboten hatte. Loser nippte an seinem mittlerweile kalten Tee und war absolut erschöpft.

Schließlich sagte Emma: »Sie sind ein Vollidiot.«

Loser nickte. »Ich weiß.«

»Haben Sie schon mit der Polizei gesprochen?«

Er schüttelte den Kopf. Emma seufzte.

»Das müssen Sie aber, das wissen Sie schon?«

Ein weiteres Nicken.

»Warum sind Sie zu mir gekommen?«, wollte Emma wissen.

René Loser griff wieder in seinen Rucksack und platzierte eine kleine Kamera und einen Minimonitor auf dem Tisch.

»Das Hotel ist zwar schön, aber ziemlich alt. Es gibt immer noch keine Schlüsselkarten, nur normale Zimmerschlüssel. Und eine Videoüberwachung, in die man sich hacken könnte, gibt es auch nicht. Darum hatte ich eine kleine Kamera und einen Monitor dabei, die ich an der Treppe anbrachte, um zu sehen, wann das Fernsehteam kommt. Ich wollte sie nicht verpassen.«

Der Typ nimmt seinen Paparazzojob wirklich ernst, das muss man ihm lassen, dachte Emma.

»Zwischen ein Uhr morgens und zwei ist niemand mehr die Treppe hochgekommen. Die Treppe ist aber der einzige Aufgang. Wären Sie die Mörderin, hätte ich Sie auf der Aufnahme gesehen.«

Emma dämmerte plötzlich, worauf der Reporter hinauswollte.

»Wenn es nur die eine Treppe gibt, die nach oben führte, und niemand heraufgekommen ist …«

»… dann muss der Mörder jemand sein, der auf demselben Stockwerk übernachtet hat.«

Hendrik war noch nie so schnell vom Polizeipräsidium zu ihrer Bäckerei gefahren wie nach Emmas Anruf. Mit quietschenden Reifen parkte er den BMW vor ihrem Laden und stürmte herein.

Die Eile hatte sich gelohnt. Was der Reporter ihm zu sagen und zu zeigen hatte, war das Highlight seines bisher beschissenen Tages.

Achtzehn

Am Tag, an dem die Polizei in sein Hotel einfiel, beschloss der Hotelmanager, zu modernisieren. Obwohl es zum Flair des Hauses gehörte, dass es immer noch altmodische Schlüssel gab, und man sich auf bewährtes Design und ländlichen Lifestyle eingestellt hatte, mussten in Zukunft zumindest Überwachungskameras her.

Sein gesamtes Personal würde im Laufe des Tages befragt werden, hatte man ihm gesagt. Die Beamten hatten mit ihren dreckigen Schuhen sämtliche Teppiche versaut, und die Gäste hatten den Polizisten mit Neugier und Argwohn hinterhergestarrt. Der gesamte fünfte Stock war gesperrt worden, Spurensicherer in Schutzanzügen hatten sich breitgemacht, und die Gäste, die dort wohnten, konnten für Stunden ihre Zimmer nicht betreten. Es war der reine Horror für den betagten Hotelmanager. Die Horde an Journalisten, die seither überall kampierte und das ohnehin gestresste Personal bei seiner Arbeit störte, ließ den Blutdruck des Mannes in gefährliche Höhen schnellen. Anders als der junge Reporter, der gestern ausgecheckt hatte, wollten diese alle rein, wollten den Tatort sehen und stellten sogar Fragen über den ominösen Mord in einer lokalen Bäckerei. Was interessierte ihn ein Mord in einer Bäckerei? Er hatte ein Hotel zu führen!

Hier in Österreich war eine Frau, die aus einem Hotelfenster stürzte, für das Geschäft ein echtes Problem. Es lief nicht so wie in Japan, wo jedes Gasthaus, das etwas auf sich gab, eine Geistergeschichte oder eine verruchte

Vergangenheit hatte. In Österreich wollte man ein ruhiges, traditionelles Hotel, wo niemand einem auf die Füße trat und wo man sich mit einer Minibar vergraben konnte wie ein Maulwurf in seinem Bau.

Besonders leid tat dem Hotelmanager der Kameramann, den man mitten in der Nacht, als die Frau vom Balkon gesprungen war (er weigerte sich vehement gegen die Behauptung, in seinem Haus hätte ein Gast einen anderen getötet), aus dem Schlaf gerissen hatte. Die vergangenen Tage hatten dem sonst so fröhlichen Herrn das Gemüt schwer gemacht, und nun wurde ihm auch noch der wenige Schlaf geraubt, den er bekam. Ein weiteres Mitglied seines Teams tot. Furchtbar. Auch die beiden jungen Menschen bedauerte er. Der Schock, den sie hatten erleben müssen. Manch einer würde daran zerbrechen.

Die Klingel an der Rezeption riss den Hotelmanager aus seinen Gedanken, und er eilte aus seinem Bürozimmer hinaus. Ein ergrauter Herr, in edlen Zwirn gekleidet, mit einer Aura von Autorität und einer eleganten Brille, stand wartend an der Rezeption.

»Willkommen. Wie kann ich Ihnen helfen, mein Herr?«

Der Mann fischte einen Ausweis aus seiner Tasche und stellte sich als Oberkommissar Detlev Müller vor.

»Ich bin hier, um das Personal zu befragen.«

Der Hotelmanager verzog das Gesicht. Er war nervös, sein Gürtel spannte sich unangenehm eng um seinen Wanst.

»Herr Kommissar, ist das denn wirklich nötig? Meine Mitarbeiter sind natürlich verstört wegen des Unfalls, aber Sie verdächtigen doch sicher keinen meiner Leute? Die arme verwirrte Frau hat sich aus dem Fenster gestürzt!«

Oberkommissar Müller ließ nicht mit sich reden. »Diese ›arme verwirrte Frau‹, wie Sie sie nennen, war eine Zeugin und Verdächtige in einer Mordermittlung und ist nun selbst tot. Lassen Sie mich einfach meine Arbeit machen, und ich verspreche, dass wir die Sache so schnell und effizient wie möglich hinter uns bringen werden.«

Oberkommissar Müller war offensichtlich kein Mann, dem man widersprach. Der Hotelmanager stellte ihm eiligst einen Raum für die Befragung zur Verfügung, und nacheinander wurden alle Mitarbeiter des Hotels vom Kommissar mit Fragen durchlöchert.

♥

Die Verhöre ergaben nichts Neues, und Detlev Müllers Zuversicht sank von Minute zu Minute – bis das Zimmermädchen des fünften Stockwerks an der Reihe war.

Es handelte sich um eine zierliche, nervöse junge Frau. Eine kleine Person, Kleidergröße zweiunddreißig, wie es aussah. Offensichtlich eine Ausländerin, aber mit adäquaten Deutschkenntnissen.

Müller versuchte sie zu beruhigen. Er hatte vorab Informationen über die Mitarbeiter eingeholt und wusste, dass sie, wenn auch erst seit Kurzem, legal in Österreich war. Trotzdem schien sie sich vor der Befragung durch einen Beamten zu fürchten.

»Sie müssen keine Angst haben, ich möchte Ihnen nur ein paar Fragen stellen.«

Die junge Frau nickte zustimmend, jedoch nicht weniger nervös. Sie klemmte ihre Hände zwischen ihre Schenkel und saß verkrampft auf ihrem Stuhl.

»Wie heißen Sie?«

»Esmeralda Sanchez«, antwortete sie.

»Ich sehe hier, Sie kommen ursprünglich aus Mexiko,

leben aber schon seit ein paar Jahren in Österreich. Gefällt es Ihnen hier bei uns in Linz?«

Die Frau nickte eifrig, und Müller lächelte.

»Das freut mich zu hören. Schön, dass Sie bei uns sind. Esmeralda, wir brauchen gerade jede Hilfe, die wir bekommen können.« Er sprach sehr leise mit der jungen Frau, versuchte, vertrauenerweckend und fürsorglich zu wirken. Auf ihn wirkte sie zerbrechlich wie eine Porzellanpuppe. Doch wenn es etwas gab, worauf Detlev Müller stolz war, dann war es sein Gespür für Menschen. Er wusste genau, was er zu tun hatte und wie er auftreten musste, um die Ängstlichen zu beruhigen und den Starrsinnigen Angst einzujagen.

»Würden Sie uns helfen, ein Verbrechen aufzuklären?«, fragte er und erntete erneut ein Nicken.

Tatsächlich schien sie sich nun ein wenig zu entspannen.

»Esmeralda, Sie sind zuständig für die Zimmer im fünften Stockwerk, ist das korrekt?«

»Das ist richtig.«

»In der Nacht, als Frau Schneider aus dem Fenster stürzte«, fuhr er fort, »waren Sie da im Hotel?«

Esmeralda verneinte. Um zwei Uhr nachts gab es nur ein Zimmermädchen, das Dienst hatte, alle anderen kamen um sechs Uhr morgens zur Arbeit.

»Was können Sie mir über die Gäste erzählen, die während der vergangenen Woche und darüber hinaus im fünften Stockwerk gewohnt haben?«

Beinahe sofort kam Esmeralda auf die Mitglieder des Fernsehteams zu sprechen. Müller erfuhr, dass sie nach der ersten Nacht nicht mehr zu Benedikt Diebenkorn ins Zimmer gegangen war. Seine Annäherungsversuche hatten ihr nicht gefallen, sie hatte einen Kollegen gebeten, sein Zimmer zu übernehmen.

»Ich fand aber sehr nett den dicken Mann mit großer Tasche«, erklärte sie. »Er immer hatte die Tasche dabei. Ich glaube, es war darin eine Kamera. Er mir sagte, er arbeitet für das Fernsehen.«

»Sie meinen Otto Maier?«

Müller zeigte ihr das Foto des Kameramanns. Esmeralda nickte. »Er heute war sehr traurig. Er kannte die Frau, die gefallen ist aus dem Fenster.«

»Was können Sie mir zu ihm sagen?« Müller legte das Foto des Stylisten vor sie hin. Sie verzog das Gesicht.

»Ich habe nicht verstanden, warum er hat eigenes Zimmer. Er nie hat geschlafen in seinem Bett.«

»Ach nein?« Müller spitzte die Ohren und zückte seinen Notizblock.

»Koffer und Sachen für die Schminken hatte er im Zimmer. Aber das Bett war nie benutzt.«

»Woher wissen Sie, dass das Bett unbenutzt war?«

Esmeralda schien beleidigt. Sie setzte sich gerader hin und sah dem Kommissar direkt in die Augen. »Ich bin ein sehr gutes Zimmermädchen! Habe gute Ausbildung, ich merke, wenn jemand geschlafen hat in einem Bett.«

Müller lächelte. »Wenn er nicht in seinem Zimmer geschlafen hat, wo war er dann?«

Esmeralda wollte schon antworten, stockte aber. Sie rieb sich genervt den Nacken. »Ahhh, wie ist Wort auf Deutsch? Er war … *enamorado* … mit Mädchen in hübschen Kleidern.«

Müller legte hastig das Foto von Leyla Fuchs neben das des Stylisten, und Esmeralda nickte begeistert.

»*Sí!* Er hat geschlafen immer bei hübscher Frau. Ich habe einmal gesehen, wie er geschlichen ist zurück in sein Zimmer um sechs Uhr morgens.«

»Die beiden sind ein Liebespaar?«, hakte Müller nach

und unterstrich diese Information fett in seinem Notizblock.

»*Sí!* Ah, ›verliebt‹ ist Wort, das ich gesucht habe. Gefiel, glaube ich, dem toten Mann nicht. Sah er immer aus, als hätte er gebissen in eine Zitrone, wenn er zusammen gesehen hat die beiden.«

Meine Güte, dieses Mädchen ist eine Goldgrube und weiß es nicht einmal, dachte Müller und notierte alles, was sie ihm sagte. Wenn es wirklich stimmte und der Stylist und die Kostümbildnerin ein Verhältnis hatten, könnte das alles ein völlig neues Motiv für beide Morde beinhalten.

Eines der letzten Fotos war das von Viktoria Schneider. Er ersparte der jungen Dame aber das Tatortfoto mit dem Gehirn auf der Straße und zeigte ihr das Foto aus ihren Personalunterlagen.

»Wissen Sie auch etwas über die Frau, die aus dem Fenster gefallen ist?«

Esmeralda schüttelte den Kopf. »Ich mochte sie nicht«, antwortete sie ehrlich. »War unfreundliche Frau, hat viel gebrüllt.«

Ein letztes Foto hatte Müller noch, das er dem Zimmermädchen mit gemischten Gefühlen vorlegte.

»Sehen Sie genau hin, Esmeralda. Kennen Sie diese Frau?«

Die Mexikanerin sah sich das Foto von Emma Wolf an und nickte heftig. Im Laufe des Gesprächs war sie immer lockerer geworden. »Ja, kenne ich. Ist Frau aus Zeitung, nicht wahr? Sie hat beworfen Reporter mit Kuchenpenis.«

Detlev Müller nickte. Doch die entscheidende Frage kam jetzt. »Haben Sie diese Frau jemals im Hotel gesehen?«

Esmeralda musste nicht lange nachdenken. Sie schüttelte den Kopf. Ihre ebenholzfarbenen Locken wippten auf und ab. »Nein, sie war noch nie hier.«

Am liebsten hätte Müller sie für diese Informationen geküsst. Stattdessen schenkte er ihr ein freundliches Lächeln und drückte ihre Hand zum Abschied. »Vielen Dank, Esmeralda. Sie waren mir eine sehr große Hilfe.«

»Ich kann gehen? Noch viel Arbeit.«

»Ja, Sie können gehen.«

Das Zimmermädchen verließ den Raum, und der Kommissar nahm sich fest vor, dem Hotelmanager vorzuschlagen, ihr eine ordentliche Gehaltserhöhung zu geben.

Neunzehn

Als Hendrik das Geschäft seiner Schwester betrat, hielt sie wie fast immer eine Schüssel in der einen und einen Schneebesen in der anderen Hand. Der metallene Schneebesen krachte im Takt gegen die Keramikschüssel, die Zutaten vermischten sich zu einem süßen Teig. Zwischen ihrem Ohr und ihrer Schulter klemmte ihr Handy, und sie diskutierte aufgeregt mit einem Kunden.

»Nein, ich mache ausschließlich Backwaren, Frau Wendler.« Sie erblickte ihren Bruder und verdrehte entnervt die Augen. Die Frau in der Leitung schrie so laut in den Hörer, dass sogar Hendrik davon Ohrenschmerzen bekam.

»Ja, dass Sie sich in Ihren Wechseljahren befinden, verstehe ich«, sagte Emma genervt. »Es ist mir trotzdem nicht möglich, eine Uterus-Piñata für eine Wechseljahrparty zu basteln. Ich bin Bäckerin!«

Wegen der Schüssel in ihren Händen musste sie sich verrenken, um das Telefon von ihrem Ohr zu nehmen.

»Ich kann Ihnen gern einen Kuchen für Ihre Party backen, auf den können Sie aber dann nicht einschlagen«, sagte Emma und beendete das Gespräch. Sie stellte die Schüssel hin, legte das Handy zur Seite und klopfte auf ihr Ohr. »Wenn ich in etwa zwanzig Jahren das Bedürfnis habe, den Beginn meiner Wechseljahre zu feiern, halte mich bitte davon ab«, beschied sie ihren Bruder und winkte ihn zu sich an die Theke.

»Was wollte die Verrückte denn mit einer Uterus-Piñata?«, erkundigte sich Hendrik belustigt.

Emma rührte weiter in ihrer Schüssel. »Anstatt sich über die Wechseljahre zu ärgern, will sie ihre ›neue Lebensphase‹ feiern, wie sie sagt. Sie veranstaltet eine Party für ihre Freundinnen und will unbedingt eine Piñata in Form ihrer ›Lady Parts‹ inklusive Uterus und Eierstöcken. Wenn man sie trifft und aufschlägt, sollen Schokoladenbonbons in roter Verpackung herausfallen. Ihre genauen Worte waren: ›Und alle Frauen, die ihren Eierstöcken mal richtig einen Tritt verpassen wollen, können das tun.‹«

Hendrik hatte ja schon viele verrückte Sachen gehört, aber so etwas Absurdes konnte er sich nicht einmal ansatzweise vorstellen. Ohnehin war es ihm unangenehm, über weibliche Geschlechtsteile und ihren hohen Wartungsaufwand zu sprechen. Da ging es ihm wie jedem anderen Mann. Erschrocken schüttelte er den Kopf, um das Bild aus seinem Kopf zu kriegen.

»Sie wollte sich mit einer Lieferung Punschmöpschen nicht zufriedengeben. Aber mal davon abgesehen, dass ich keine mexikanische Piñata basteln kann, will ich es auch gar nicht.«

Hendrik folgte seiner Schwester in die Küche, wo sie ihren neuen Kühlschrank öffnete und den Teig zum Kühlen hineinstellte. Er fragte sich, ob Emma beim Öffnen des neuen Gerätes das halb gefrorene Gesicht von Benedikt vor sich hatte und wie lange es wohl dauern würde, die Erinnerung aus ihrem Kopf zu verbannen.

»Was führt dich her, musst du nicht arbeiten?«, fragte sie.

»Es haben sich Folgefragen ergeben«, antwortete er und ergänzte, dass ausnahmsweise er die Fragen stellen durfte, weil es dabei nicht um Emma selbst ging. »Detlev sagt –«

»Ach, nennst du ihn jetzt auch schon beim Vornamen?«, erkundigte sich Emma belustigt. »Hat ja nur sechs Jahre gedauert.«

»*Detlev* sagt«, wiederholte Hendrik mit Nachdruck, »dass er vorhin mit einem Zimmermädchen aus dem Hotel gesprochen hat, in dem das Fernsehteam übernachtet hat. Wusstest du, dass die Kostümdame Leyla und der Stylist Justin miteinander schlafen?«

Emma verschluckte sich beinahe an ihrem Tee bei dieser Nachricht. Die kleine, entzückende, süße Leyla und der Bleistifttyp?

»Ernsthaft?«

»Das wollen wir herausfinden. Haben die beiden während der Arbeit in der Bäckerei je irgendwelche Vertraulichkeiten ausgetauscht?«

Emma musste lachen und stemmte keck eine Hand in die Hüfte. »›Vertraulichkeiten‹? Seit wann redest du so fein?«

Hendrik hob genervt eine Augenbraue und verschränkte die Arme vor der Brust. »Es wurde mir gesagt, dass ich bei der Arbeit fluche wie ein Seemann und manchmal in einen ordinären Ton verfalle. Also versuche ich jetzt, möglichst fein zu sprechen. ›Vertraulichkeiten‹ ist unser Fachjargon für ›gerammelt wie eine Horde Karnickel‹.«

Zur Antwort konnte Emma nur lachend den Kopf schütteln. »Von derlei Aktivitäten habe ich nichts mitbekommen«, erklärte sie, nachdem sie sich gefangen hatte. »Ich dachte immer, dass sie nach den Dreharbeiten nur zusammen essen gehen, weil das in ihrem Team so üblich war. Aber dass die beiden zusammen sind, wusste ich nicht. Ich dachte eher, dass Leyla in Benedikt verknallt ist, so, wie die ihn immer angesehen hat.«

»Wieso, wie hat sie ihn denn angesehen?« Hendrik

wanderte zur Kaffeemaschine und bediente sich. Emma führte eigentlich eine »Raus aus meiner Küche«-Diktatur allen in der Backkunst ungeschulten Personen gegenüber, aber Hendrik hatte sich schon vor Jahren eine Sondergenehmigung erschlichen, für den nicht selten eintretenden Fall von Koffeinmangel.

Emma überlegte kurz und zuckte dann mit den Schultern. »So als wäre sie zu schüchtern, ihm zu sagen, dass sie ihn mag. Vorsichtig, beobachtend. Wie man das eben so macht, wenn man nicht zu sehr auffallen will. Wie eine verliebte Zwölfjährige. So wie du und Melanie halt.«

»Ey! Ganz dünnes Eis, kleine Schwester.«

»Feigling!«, neckte sie ihn und streckte ihm die Zunge raus.

»Die Zeugenaussagen und insbesondere das Video belegen übrigens hieb- und stichfest, dass du nicht im Hotel warst, als der Mord geschah. Was Viktoria angeht, bist du also aus dem Schneider, aber offiziell müssen wir dich immer noch auf der Liste der Personen von Interesse für den Fall behalten.«

»Ich habe irgendwie das Gefühl, dass sich dieser Fall immer mehr im Kreis dreht. Erst der geplante und – im wahrsten Sinne des Wortes – eiskalte Mord an Benedikt, dann der impulsiv wirkende Fenstersturz von Viktoria ... Als wären wir zu blöd, um die Puzzleteile zusammenzusetzen«, meinte Emma, und Hendrik blieb nichts anderes übrig, als ihr beizupflichten.

»Dann hat dieser Loser mir also einen Gefallen getan? Was hast du mit dem Reporter gestern noch angestellt, Hendrik?«, fragte sie, stemmte sich hoch und setzte sich auf ihre Anrichte. Der einzige Stuhl in der Küche war belegt mit allem möglichen Krimskrams – Schürzen, einem Aktenordner und einer Tüte mit Plastikmüll.

Hendrik antwortete mit einem verschmitzten Grinsen. Er nahm einen Schluck von seinem Kaffee, ehe er antwortete. »Oh, ich hab ihn auseinandergenommen wie einen kaputten Motor. Er hat gesungen wie ein Vogel und uns alle Materialien und Fotos gegeben, die er hatte.«

Emma blickte ihn erstaunt an. »Ich war ja schon ziemlich überrascht, als er gestern hier aufgetaucht ist. Aber dass er euch all sein Material überlässt … Der Mann ist Boulevardjournalist, ich hätte eher gedacht, er macht daraus seine nächste dicke Story.«

»Hätte er wohl auch gern getan, aber wir haben ihn ein bisschen mit juristischem Fachjargon erschreckt. Der gibt erst mal eine Weile Ruhe, zumindest bis der Fall abgeschlossen ist.« Hendrik sah auf die große Wanduhr in der Küche und wartete die Sekunden bis zum offiziellen Ladenschluss ab, bevor er einen USB-Stick aus seiner hinteren Hosentasche zog. »Ich könnte ein bisschen Hilfe beim Durchsehen gebrauchen.«

Emma verdrehte die Augen. »Du willst dir einfach nur nicht allein die halbe Nacht um die Ohren schlagen, oder? Du bezahlst die Pizza.«

♥

Eine Stunde später saßen Emma und Hendrik im ersten Stock vor Emmas Laptop, beide mit Pizza und Bier bewaffnet, und steckten den USB-Stick in den dafür vorgesehenen Steckplatz.

Melanie hatte sich zuvor in aller Eile verabschiedet, da eine ihrer Mitarbeiterinnen eine Notfall-SMS geschickt hatte und wohl den Tränen nahe gewesen war, in Angst, sie habe das Geschäft der Blondine ruiniert.

»Das hat sie öfter«, hatte Melanie seufzend kommentiert, aber trotzdem ihren Koffer gepackt. »Ich sehe nach, was los ist, und bin so schnell es geht wieder da, okay?«

So war es an den beiden Geschwistern, die Materialien des Fotografen zu durchforsten.

»René Loser hat übrigens gesagt, dass er die Bäckerei schon ein paar Tage vor dem Mord belagert hat, um gute Fotos von Diebenkorn zu kriegen«, berichtete Hendrik beiläufig.

Emma verbrannte sich vor Schreck ihren Gaumen am heißen Käse. »Könnte *er* dann nicht den Mord geplant haben?«, warf sie ein, und die beinahe gewonnene Sympathie für den Reporter war mit einem Mal verflogen.

Hendrik schüttelte den Kopf. »Für die Mordnacht hat er ein Alibi. Er saß bis zum Morgengrauen in der Redaktion, die Überwachungskamera hatte ihn die ganze Zeit im Bild.« Er schob Emma die Maus zu, und sie begann, sich durch die Dateien auf dem Stick zu klicken.

Die meisten Fotos waren kaum zu gebrauchen. Verschwommen, körnig oder die Zielperson war von Blättern oder anderen Hindernissen verdeckt, hinter denen der Reporter sich versteckt hatte.

»Da, der erste Drehtag.« Emma nahm den Finger von der Maus.

Der Stempel zeigte das Datum des Drehbeginns, zwei Tage vor Diebenkorns Tod.

»Er hat gleich vom ersten Tag an heimlich durch mein Fenster fotografiert?«, rief sie empört und klickte die Maustaste etwas fester als normal. Es folgten Bilder des Fernsehteams, der noch lebenden Viktoria, von Benedikt bei der Kostümprobe mit Leyla.

»Was habt ihr am ersten Tag noch mal gemacht?«, wollte Hendrik wissen und nahm sich sein drittes Stück Peperoni-Pizza.

»Wir haben uns meinen Produktkatalog angesehen, und einige Kunden sind zu Interviews in den Laden gekommen. Der nächste Tag war ein Außendreh bei einem meiner Obstlieferanten.«

Die nächsten Fotos waren vom Hotel, innen und außen, am Tag vor dem Mord.

»Noch mal zurück.«

Emma hatte ein Bild zu schnell weggeklickt und kehrte zurück. Benedikt Diebenkorn stand im Hotel vor einer halb geöffneten Zimmertür. Man konnte nicht sehen, mit wem er sich unterhielt, aber sein Gesichtsausdruck war alles andere als freundlich.

»Okay, weiter.«

Es folgte eine Sequenz von Bildern von derselben Szene, in der deutlich zu erkennen war, dass Diebenkorn nicht gerade glücklich mit seinem Gesprächspartner war. Und dann, im letzten Bild, sah man den Saum eines bunten Kleides, der hinter der Tür hervorlugte. Emma biss sich auf die Unterlippe.

»Ich glaube, das ist eines von Leylas Kleidern. Hat sie erwähnt, dass sie und Diebenkorn gestritten haben?«, wollte sie wissen.

»Nein. Aber das ist sie, kein Zweifel. Ich hab vom Hotelpersonal eine Liste bekommen. Man kann die Zimmernummer an der Wand ablesen. Das ist ihres.«

Emma konnte sich einfach nicht vorstellen, dass die schüchterne, süße Leyla ein Motiv für den Mord an Benedikt gehabt haben könnte. Andererseits hatte sie ja oft genug mit eigenen Augen gesehen, wie respektlos er mit ihr und dem Rest der Mannschaft umgegangen war.

»Ein Foto beweist noch nicht, dass sie ihn getötet hat«, warf sie ein und hoffte, dass Leyla den Streit erklären konnte.

»Da hast du recht.«

Eines der nächsten Fotos ließ Emma stocken, und auch Hendrik merkte auf. Beide sagten eine Weile kein Wort, starrten nur auf die zwei Personen auf dem Foto, das durch das Fenster von Emmas Küche gemacht worden war.

Benedikt saß auf einem Stuhl etwas im Abseits in einer Ecke, wo neben der Garderobe für die Kostüme ein Tisch für das Make-up aufgestellt worden war. Er hatte den Kopf in den Nacken gelegt, die Arme ruhten auf den Stuhllehnen, seine Haare fielen locker nach hinten.

Und neben ihm stand Justin Lorenz mit einem Glas Wasser und einem Fläschchen Beruhigungstropfen in der Hand.

Zwanzig

Nur zu gern wäre Emma am nächsten Tag bei der Verhaftung von Justin dabei gewesen. Endlich gab es einen Verdächtigen, der auch mit den Beweisen in Verbindung gebracht werden konnte.

»Das wird nicht einfach«, hatte Hendrik ihr am Vorabend erklärt. »Es sieht zwar so aus, als hätte der Stylist Benedikt Diebenkorn die vergifteten Beruhigungstropfen verabreicht, aber das Foto beweist zunächst einmal nicht mehr, als dass er die Medikamentenflasche irgendwann in der Hand hatte. Was wir bereits wussten. Es wurden darauf Fingerabdrücke von allen Mitgliedern des Fernsehteams gefunden. Außerdem muss noch geklärt werden, ob er auch Viktoria getötet hat oder ob sie Selbstmord begangen hat.«

»Aber wir wissen doch bereits, dass in ihrem Zimmer ein Kampf stattgefunden hat, oder? Und dass niemand Externes mehr in den fünften Stock des Hotels gekommen ist. Ist die Aussage von René Loser denn da nicht ausreichend?«

Hendrik hatte abgewunken. »Jeder schreit, wenn er aus einem Fenster stürzt. Und in dem Stockwerk wohnen viele Leute. Ich muss versuchen, das alles irgendwie in Einklang miteinander zu bringen, und ein Geständnis aus ihm herauslocken.« Das würde nicht einfach werden, aber Emma hatte vollstes Vertrauen in ihren Bruder.

Auch jetzt noch, am nächsten Tag, war Emma vom Glitzern in seinen Augen fasziniert, das sich immer dann einstellte, wenn er kurz davor war, einen Fall zu klären.

Genauso stellte sie sich den Blick eines Tigers vor, der sich an seine Beute heranschlich.

Der Rest der Fotos und Videoaufnahmen des Reporters hatte sie gestern nicht weitergebracht, aber nach dem Foto von Benedikt und Leyla hatten die beiden auch nicht mehr viel erwartet, und während Hendrik nun also Justin verhaften und verhören durfte, war Emma nach Feierabend damit beschäftigt, ihre Küche zu wischen. Ein bisschen sehnte sie die Anwesenheit der Tatortreiniger herbei, die so phantastische Arbeit beim Reinigen der Küche geleistet hatten.

Emma fand trotzdem, wie immer, eine Art und Weise, sich zu amüsieren. Ihre Playlist fürs Backen musste der Liedersammlung fürs Putzen weichen, und mit federnden Schritten tanzte sie nun mit ihrem Mopp als Partner zu den Klängen von Elvis Presley.

You look like an angel
Walk like an angel
Talk like an angel
But I got wise
You're the devil in disguise.

»Sie haben Justin verhaftet!«

Emma hätte sich das Putzwasser sparen und den Boden mit Leylas Tränen aufwischen können.

Die junge Frau kam durch die Gartentür in die Küche gestürmt, vollkommen aufgelöst, ansonsten aber engelsgleich wie immer. Beinahe wäre sie auf den feuchten Fliesen ausgerutscht. Sie trug eine entzückende weiße Wollweste über einem weißen Kleid mit großen blauen Blüten, die Emma nicht zuordnen konnte. Ihre blonden Locken wurden von einem Tuch zusammengehalten.

Elvis sang weiter, während Emma aufhörte, den Boden zu wischen. Die Frau vor ihr war ein Wrack, das konnte sie auf den ersten Blick erkennen.

»Ich weiß«, antwortete sie.

»A-aber, ich verstehe das nicht. Wir waren gestern beide bei der Polizei. Wir haben zugegeben, dass wir ein Paar sind. Wir hatten es vorher nicht erwähnt, weil wir dachten, dass das nicht wichtig für die Ermittlungen ist.«

Emma lehnte ihren Mopp an die Tischkante und reichte Leyla ein Geschirrtuch, um ihre Tränen zu trocknen. »Alles ist wichtig bei solchen Ermittlungen, Leyla.«

»Justin ist unschuldig! Wir waren die ganze Zeit über zusammen«, beharrte sie und war durch ihr Geheule kaum zu verstehen.

Emma seufzte. »Die Beweise sagen aber etwas anderes, Leyla.«

»Was?«

»Ich sagte … Urgh, wieso stell ich Elvis beim Putzen auch immer so laut?«

Auf dem Weg zur Musikbox, um den King of Rock leiser zu stellen, stockte sie. Irgendetwas war ihr gerade verdächtig ins Auge gesprungen. Aber was?

Die Antwort auf diese Frage würde warten müssen, denn als sie sich wieder umdrehte, hatte Leyla bereits eine Metallbackform von der Anrichte genommen und zog sie mit einem heftigen Schwung über Emmas Schädel.

♥

Oftmals wird das Aufwachen aus einer Ohnmacht mit Desorientierung und Verwirrung beschrieben. Emma wusste jedoch genau, was passiert war, als sie die Augen aufschlug. Und die Erinnerung an den Grund, aus dem sie das Bewusstsein verloren hatte, machte sie stocksauer.

Vorsichtig versuchte sie, ihren Kiefer zu bewegen,

blinzelte, bewegte ihren Nacken. Ihr Kopf tat höllisch weh, hämmerte wie verrückt, und sie konnte das getrocknete Blut an ihrer Wange fühlen, welches über ihre Stirn bis zu ihrem Hals und auf ihre Kleidung gelaufen war. Die Wunde am Kopf würde bestimmt genäht werden müssen.

Sich zu orientieren war nicht schwer. Emma kannte jede Ecke ihres Lagerraums im Keller wie ihre Westentasche. Es war der einzige Raum im ganzen Haus, den sie mit ihrem Kredit nicht hatte renovieren müssen. Nur war sie hier unten vorher noch nie an einen Stuhl gefesselt gewesen, festgeklebt mit Paketband an den Sesselbeinen und der Lehne.

Emma schloss die Augen, denn vom Sehen wurde ihr schlecht, also versuchte sie, sich auf ihr Gehör zu konzentrieren. Sie konnte das Zirpen von Grillen aus ihrem Garten hören und eine kühle Brise im Nacken spüren. Da es dunkel war und nur diffuses Licht die Regalwände des Lagers erhellte, ging Emma davon aus, dass es inzwischen mitten in der Nacht war. Die Luft war staubig und trocknete Emmas Atemwege mit jedem Atemzug weiter aus. Noch nie hatte sie sich so sehr ein Glas Wasser gewünscht.

»Ich bring das Miststück um. Mir meine eigene Backform für Penis-Cake-Pops über den Schädel zu ziehen …«, knurrte sie und rüttelte an ihren Paketbandfesseln. Aber außer ein paar schmerzhaft ausgerissenen Härchen passierte gar nichts.

»Ich wollte dir nicht wehtun.«

Die Stimme drang aus der Zimmerecke in ihrem Rücken an ihr Ohr, und sie versuchte, ihren schmerzenden Nacken zu verrenken, um Leyla in die Augen sehen zu können.

»Ach nein? Ich schätze, du wolltest auch Benedikt

und Viktoria nicht umbringen, was?«, fauchte Emma und zerrte weiter an den Klebebändern.

»Ich habe Benedikt nicht umgebracht!«, schrie Leyla und trat in Emmas Blickfeld. Sie hatte geweint, und auf ihrem weißen Kleid mit den blauen Blüten war Blut zu sehen. Ihre Engelslocken waren zerzaust und lösten sich aus dem Pferdeschwanz an ihrem Hinterkopf. Der war mit dem teuren »Anstecktuch« zusammengebunden, das sie angeblich in der Bäckerei vergessen hatte, wie die aufgestickten Initialen L und V zeigten.

»Was sollte der ganze Scheiß mit dem Anstecktuch, das du angeblich verloren hast?«

Leyla ging nervös auf und ab. »Ich wollte das Fläschchen aus dem Kühlschrank holen, ohne dass jemand etwas merkt. Aber sie hatten den Kühlschrank schon mitgenommen. Ich wusste, dass Justins Fingerabdrücke darauf sein würden …«

Ihr Gesicht war rot, ihre Stimme rau, sie zitterte. Außerdem fiel Emma auf, dass sie den Mord an Viktoria nicht geleugnet hatte.

»Justin hat Benedikt also tatsächlich auf dem Gewissen?«, fragte sie im Versuch, ihre Strategie zu ändern. Sie musste Leyla zum Reden bringen, sie ablenken – und hoffen, dass die blöden Klebebänder irgendwann reißen würden.

»E-es war nicht ernst gemeint«, jammerte Leyla. Sie stöckelte vor Emma auf und ab und knüllte ihren Kleidersaum in ihrer rechten Faust. »Ich wollte nicht wirklich, dass Justin ihn umbringt. Ich habe nur zu ihm gesagt, wie schön es wäre, wenn Benedikt nicht mehr wäre. Er wollte einfach kein Nein akzeptieren.«

Emma versuchte, ihre Handgelenke so unauffällig wie möglich in kleinen Kreisbewegungen zu schwenken, um die Fesseln zu lösen. »Ganz schön feige, jemanden mit

Gift umzubringen, meinst du nicht?«, fragte sie, doch ihre Worte kamen eher wie ein Lallen und sehr leise und langsam aus ihrem Hals gekrochen. Kurz wurde ihr schwarz vor Augen, und sie schien zurück in die Ohnmacht zu schlittern.

»Er hat es für mich getan. Justin ist kein schlechter Mensch. Er *liebt* mich«, entgegnete Leyla weinend. Erst jetzt fiel Emma auf, dass sie immer noch ihre Penisbackform in der linken Hand hielt, an der eine ganze Menge Blut klebte. Sie wusste nicht, ob sie lachen, sauer sein oder weinen sollte. Andererseits brummte ihr Schädel zu sehr, um sich darüber noch mehr Gedanken zu machen.

Sie brauchte mehr Zeit. Selbst wenn sie aus den Armfesseln herauskäme, wären immer noch ihre Beine an den Stuhl geklebt. Sie war zwar um einiges stärker als Leyla, doch mit gefesselten Füßen konnte sie sie nicht überwältigen. Außerdem war sie verletzt, und Leyla hatte den Moment der Überraschung schon einmal genutzt, um ihr mit der Backform eins überzuziehen. Zähneknirschend versuchte sie weiter, sich zu befreien. Ein Schritt nach dem anderen.

»Also hat er Benedikt mit den Tropfen vergiftet. Ist er es auch gewesen, der neulich Nacht bei mir eingebrochen ist?«

»Er wollte dir und deiner Freundin nur ein bisschen Angst machen. Damit ihr euch nicht einmischt. Wir wussten ja nicht, was Viktoria dir an dem Abend im Restaurant erzählt hat.«

»Ich verstehe nicht …«

Leyla war stehen geblieben. Die Verzweiflung wich aus ihrem Gesicht und machte einem Blick voll Hass und Abscheu Platz. Sie pfefferte die Backform in eines der Regale und fauchte: »*Viktoria* … Sie hat es nicht anders verdient! Ich habe ihr ständig gesagt, dass Benedikt mich belästigt. Ich habe ihr erzählt, dass ich es nicht mehr aushalte, mit ihm zu arbeiten. Irgendwie habe ich es trotzdem geschafft, bis Justin mich von diesem Lustmolch befreit hat. Aber dann hat Viktoria rausbekommen, dass Justin ihn vergiftet hat. Und auch noch die Frechheit besessen, ihn erpressen zu wollen. Sie musste weg. Also habe ich dafür gesorgt, dass sie ihm nichts mehr antut.«

Die ist ja komplett verrückt, dachte Emma verzweifelt. Justin bringt den Mann um, der ihr nachsteigt, und sie killt die Frau, die ihn ruinieren will?

»Kein Wunder, dass die Polizei den Mörder so lange nicht ermitteln konnte. Ihr wart zu zweit und habt euch gegenseitig ein Alibi verschafft.«

Die Tränen setzten wieder ein, Leyla vergrub die Hände in den Haaren. »Hör auf, so zu reden!«, befahl sie. »Wir sind keine Mörder. Benedikt und Viktoria haben es nicht anders verdient. Sie waren schlechte Menschen.«

Emmas Kopf pochte immer schmerzhafter, dann wurde ihr übel, und sie musste sich zusammenreißen, um sich nicht zu übergeben. Erneut drohte die Ohnmacht sie auszuknipsen wie eine Stehlampe. Sie zitterte am ganzen Körper, und im Mondlicht sah ihre Haut schneeweiß und blass aus. Sie wusste, dass Kopfwunden stark bluteten, aber oft nicht so schlimm waren, wie sie aussahen – wenn man sie schnell genug behandelte. Wie lange war sie wohl schon hier unten im Keller?

Bleib wach, Emma. Bleib wach.

»Und ich? Warum zum Teufel hast du mich angegriffen, du Verrückte?«, keuchte sie und sog gierig den Sauerstoff in ihre Lungen. Die trockene Luft brachte sie zum Husten.

Leyla antwortete, als wäre die Frage die blödeste der Welt. Als wäre die Lösung für ihre Probleme vollkommen logisch.

»Dein Bruder hat Justin verhaftet. Ich gebe dich nur zurück, wenn er Justin freilässt.«

Was?

»Leyla.« Emma seufzte. »Mein Bruder wird hier reinstürmen und den Laden auseinandernehmen. Wenn ich eines über Hendrik weiß, dann, dass er alles tun wird, um mich zu retten. Und vor allem wird er nicht zögern zu schießen. Du musst dich stellen.«

Leyla wollte davon nichts hören. Für Emma gab es keinen Zweifel mehr: Die Frau war jenseits aller Vernunft – und sie würde alles tun, um ihren Freund wiederzubekommen.

»Nein. Nein, ich werde deinen Bruder anrufen, und dann muss er mir Justin zurückgeben. Wir haben nichts Böses getan. Wir wollen einfach nur nach Hause.«

Wie aufs Stichwort vibrierte Emmas Telefon in ihrer Schürze. Leyla krallte sich den Stoff und zog so brutal daran, dass die Schnur eine schmerzhafte brennende Strieme in Emmas Nacken hinterließ. Leyla bemerkte ihr Keuchen nicht, zog das Handy aus der Schürzentasche und lachte.

Leyla hielt sich das Telefon ans Ohr und antwortete nach kurzem Zuhören: »Tut mir leid, aber Emma ist momentan verhindert.« Sie drehte sich um und entfernte sich.

Das plötzliche Licht blendete Emma so sehr, dass sie die Augen schließen musste. Leyla hatte die Tür geöffnet und den Keller verlassen. Sie konnte nur noch dumpf ihre Stimme hinter der Tür hören.

Jetzt oder nie, dachte sie und sah sich eilig nach etwas um, das sie retten konnte. Rechts von ihr war der Teil des Kellers, den sie als Lager für ihr Geschäft verwendete. Waren, die nicht schlecht werden konnten oder trocken und sicher gelagert werden mussten, waren hier verstaut.

Links standen alle möglichen anderen Dinge herum, die man in einem Keller so rumliegen hatte. Eine alte Matratze, Umzugskartons mit Plüschtieren, ihr Fahrrad und die zur Seite geworfene Penisbackform konnten ihr wenig helfen, also sah sie sich rechts von sich um.

Mehl, Wasserflaschen, Zucker, Wein, Rum …

»Oh Mann, das wird teuer«, murmelte Emma, doch die allmählich einsetzende Angst um ihr Leben pumpte Adrenalin durch ihre Adern. Mit Hüftschwüngen, die sie sich selbst nicht zugetraut hätte, und Muskeln, von denen sie nicht wusste, dass sie sie überhaupt besaß, schaffte sie es, den Stuhl knarzend Zentimeter für Zentimeter an das Regal mit dem Rum für ihre Punschmöpse heranzurücken.

An die vielen Punschmöpschen, die sie damit hätte machen können, wollte sie gar nicht denken. Stattdessen steckte sie den Kopf in das Regal und fegte mit einer raschen Bewegung viel zu viele der edlen Tropfen auf den kalten Steinboden. Es rumpelte, knirschte und klirrte.

Scheiße, das kann sie gar nicht überhört haben, dachte Emma panisch und verlor keine Zeit. Mit einem kräftigen Schwung brachte sie den Stuhl zu Fall und landete, den rechten Arm voraus, auf den zerbrochenen Flaschen und dem verschütteten Rum. Die Glasscherben bohrten sich schmerzhaft in ihre Haut, das Blut vermischte sich mit dem Rum. Schmerzenstränen liefen Emma über die Wangen. Und der Schrei kam gleich danach. Der beißende Geruch des Rums stieg ihr in die Nase und betäubte ihre Sinne.

Doch sie hatte Glück im Unglück. Der Fall hatte sich ausgezahlt, sie bekam eine große Scherbe zu fassen. Es dauerte nicht lange, bis ihre rechte Hand frei war. Emma atmete tief durch und merkte erst jetzt, dass sie die Luft angehalten hatte.

»Schneller, schneller, schneller, schneller …«, schimpfte sie und durchschnitt die Klebebänder an ihren Füßen und der anderen Hand.

»Na, na, na, wo wollen wir denn hin? Ich brauche dich noch, du darfst nicht abhauen.«

Emma konnte nicht nur fühlen, sondern auch hören, wie eine ihrer Rippen brach, als Leyla ausholte und die Spitze ihres Stöckelschuhs in ihren Bauch rammte. Die Luft blieb ihr weg, ihr Magensaft drückte sich ihre Speiseröhre entlang nach oben. Aber das Adrenalin pumpte weiter, und so tat Emma das Einzige, was ihr einfiel. Sie schnappte sich Leylas Bein und vergrub ihre Zähne in deren Wade.

»Ahhh! Verfluchte SCHEISSE!«

Wenn man um sein Leben kämpft, kämpft man nicht mehr fair. Emma tat alles, um sich zu retten. Sie klammerte sich mit ihrer Linken weiter an Leylas Bein, während sie mit der anderen Hand auf dem Boden herumtastete, einen zerbrochenen Flaschenhals zu fassen bekam und diesen mit aller Kraft in Leylas Oberschenkel rammte. Immer wieder und wieder stach sie zu, bis sie sicher war, dass diese Verrückte ihr nicht mehr würde folgen können.

Kreischend fiel Leyla nach hinten und hielt sich panisch und mit schmerzverzerrtem Gesicht das Bein. Emma ließ den Flaschenhals nicht los, stemmte sich keuchend mit der anderen Hand an dem vom Rum getränkten Regal hoch und sah auf ihre Angreiferin hinunter. Blut besudelte ihr weißes Kleid, sie schrie und zuckte, doch Emma hatte kein Mitleid.

»Viktoria und Benedikt waren keine guten Menschen, da hast du recht«, flüsterte sie angestrengt, war aber sicher, dass Leyla ihr gar nicht zuhörte. »Trotzdem war das noch lange kein Grund, sie umzubringen.«

Der Raum wurde dunkler und dunkler, Emmas Haut weißer und weißer. Sie ignorierte Leylas Wehklagen und kämpfte sich, halb blind vor Kopfschmerzen und Übelkeit, an den Regalen entlang zum Ausgang. Die Treppe war kühl und dreckig, Emmas Blut dekorierte jede Stufe, die sie auf allen vieren hinaufkrabbelte, den weißen Flaschenhals in der Hand, der im Takt mit ihrer Kriecherei auf den Stufen aufschlug und hell in ihren Ohren klang.

Auf halbem Weg die Treppe hinauf konnte sie ihre eigenen tiefen Atemzüge nicht mehr hören, dafür aber die Sirenen, die immer lauter und lauter wurden und auf ihr Haus zusteuerten. Das Letzte, was Emma mitbekam, waren zwei starke Arme, die sich um ihre Schultern legten, und ein Vollbart, der ihre Wange kitzelte.

Einundzwanzig

»Welche Beziehungen haben Sie spielen lassen, um *das* in Ihr Krankenzimmer zu bekommen?«

Emma sah von ihrer Pfanne auf, in der gerade eine köstliche Blaubeer-Palatschinke goldbraun vor sich hin backte, und lächelte. Oberkommissar Müller stand in der Tür, einen Strauß mit bunten Blumen in der einen und eine Schachtel Pralinen in der anderen Hand, und beäugte staunend die Kochplatte und den Minikühlschrank auf dem Tisch neben ihrem Krankenbett.

»Detlev! Kommen Sie doch rein! Wollen Sie mitessen?«

Der Oberkommissar besorgte zunächst eine Vase und setzte sich dann zu Emma ans Bett.

Anders als letzte Woche, nachdem sie eingeliefert worden war, sah Emma inzwischen wieder aus wie das blühende Leben. Der Kopfverband, den sie noch immer trug, war nicht mehr zentimeterdick, sondern dünn und nur noch dazu da, die Nähte an ihrer Stirn zu schützen. Die Schnittwunden an ihrem rechten Arm verheilten gut, und sie hatte auch keine Probleme mehr beim Atmen. Allerdings sog sie scharf die Luft ein, als sie sich auf die Bettkante setzte und ihm einen Teller reichte. Die gebrochene Rippe zwickte immer noch manchmal.

»Wie fühlen Sie sich? Oh Gott, das ist ja köstlich.«

»Besser. Danke. Oh, der Krankenhauskoch hat das für mich klargemacht. Sein Essen ist zwar phantastisch, aber er will hin und wieder bei mir reinschauen und mitnaschen.« Emma lächelte und genoss ihre Hälfte der

Blaubeer-Palatschinke. Langsam, aber sicher wurde es langweilig im Krankenhaus. Melanie besuchte sie zwar jeden Tag, doch Emma wünschte beinahe, sie würde es nicht tun.

Irgendetwas schien zwischen ihr und Hendrik passiert zu sein (endlich), denn jedes Mal, wenn Melanie seinen Namen in den Mund nahm, schienen ihre Poren laut »Liebe!« zu kreischen. Grauenhaft.

Nach beinahe zwanzig Stunden Bewusstlosigkeit war Emma vollkommen erschöpft, aber zusammengeflickt und an Schläuche und Infusionen angehängt wieder zu sich gekommen.

Der Schwall an Besuchern riss seither nicht ab. Marla hatte man irgendwann davon überzeugen müssen, nach Stunden bei ihrer Tochter auch mal wieder nach Hause zu gehen. Otto, der Kameramann, war völlig aufgelöst zu ihr gekommen, und sie hatten stundenlang über den Zerfall des Fernsehteams geredet. Natürlich hatte die Polizei auch ihn durch die Mangel gedreht, aber er schien wirklich der Einzige zu sein, der von nichts eine Ahnung gehabt hatte.

Sie wurde von zahlreichen Kunden und Freunden besucht, sogar René Loser, der Reporter, hatte sich blicken lassen – ohne seine Kamera. Nur ein Gesicht hatte sie bis jetzt nicht gesehen.

»Ich wollte Ihren Bruder überreden, heute mitzukommen, aber er weigert sich immer noch«, erklärte Müller mit vollem Mund. Das Unverständnis stand ihm ins Gesicht geschrieben. Statt seine Schwester im Krankenhaus zu besuchen, vergrub Hendrik sich in Arbeit und machte Justin Lorenz und Leyla Fuchs das Leben zur Hölle.

»Er mag es nicht, mich im Krankenhaus zu sehen«, erklärte Emma und zerdrückte gedankenverloren eine Blaubeere unter ihrer Gabel. »Sie hätten ihn sehen müssen, als meine Mutter ihn damals gezwungen hat, mich zu besuchen, nachdem man mir den Blinddarm entfernt hatte. Er sah aus, als würde er sich schon mental auf meine Beerdigung vorbereiten müssen.«

Aber das war nicht der einzige Grund, warum Hendrik sie nicht besuchen kam. Emma wusste genau, dass er sein Bestes tat, um Justin und Leyla endgültig dingfest zu machen, mit allen Beweisen, die nötig waren, und jeder Hilfe, die zu bekommen war.

»Die Kollegen aus Deutschland sind gestern eingetroffen, wir kümmern uns zurzeit fast nur um Papierkram. Normalerweise regeln wir das mit weniger Kollegen, aber die Presse schaut uns immer noch über die Schulter. Also haben wir Beamte aus Berlin und München, die mit uns arbeiten«, erklärte Müller. »Und stellen Sie sich vor, Ihr Fall wurde in unsere inoffizielle Top Ten der Fälle mit den bizarrsten Beweismitteln aufgenommen.«

»Ich hab's nicht in die offizielle Liste geschafft?«, fragte Emma gespielt enttäuscht und beschloss, sich noch eine Palatschinke zu machen. Ihr Appetit kehrte langsam zurück, was nicht nur sie, sondern auch die Ärzte für ein gutes Zeichen hielten. Teig war noch genug übrig. Hin und wieder war es auch entspannend, Backwaren ohne erotisches Motiv zu produzieren.

»Eine offizielle Liste dürfen wir gar nicht führen«, antwortete Müller lachend. »Aber in den inoffiziellen Listen liegen Sie mit Ihrer Penisbackform für Schaumrollen und Ihren Cake-Pops nur knapp hinter der Entführung einer sehr real aussehenden Gummipuppe, die mehrere tausend Euro kostet, und dem Mord an einem Bauern, der mit einer Kröte erstickt wurde.«

»Damit kann ich leben«, meinte Emma und ließ den Teig in der Pfanne zischen.

Müller stand auf und legte klirrend seinen Teller in Emmas Waschbecken, bevor er weitersprach. Sein Ton wurde ernster, seine Stimme leiser. »Leyla Fuchs wird für den Rest ihres Lebens hinken. Aber im Gefängnis wird man sie kaum an einem Marathon teilnehmen lassen.«

Emma hatte nicht gewusst, wie schwer die Verletzungen waren, die sie Leyla mit dem Flaschenhals zugefügt hatte, doch ihr war klar gewesen, dass sie wohl einige wichtige Muskeln beschädigt hatte und die Frau fast verblutet wäre. Mitleid hatte sie aber keines mit der Kostümbildnerin.

»Was ist mit Justin?«, fragte sie und wendete die Palatschinke.

»Es hat zwar eine Weile gedauert, aber als er verstanden hat, was Leyla getan hat, ist er in sich zusammengefallen wie ein Kartenhaus. Wir kriegen ihn für den Mord an Benedikt Diebenkorn und Leyla für den Mord an Viktoria Schneider sowie Geiselnahme mit schwerer Körperverletzung an Ihnen dran.«

Emma ließ die Palatschinke auf ihren Teller gleiten und setzte sich wieder aufs Bett, um zu essen. Sie konnte immer noch nicht schwungvoll gehen, und das Kochen mit dem rechten Arm würde noch etwas Übung erfordern, aber sie konnte es trotzdem kaum erwarten, das Krankenhaus bald wieder zu verlassen.

»Wie erklären Sie sich das mit dem Alibi? Man hat die beiden doch am Abend von Benedikts Tod zusammen bei Alfredos gesehen.«

»Er scheint es davor gemacht zu haben. Justin meinte, er habe zu Leyla gesagt, sie solle im Wagen warten. Laut Aussage ist er zurück in den Garten, hat Benedikt die Flasche gegeben, der die vergifteten Tropfen anscheinend wie Wasser gekippt hat. Kaum war er umgefallen, hat er ihn in den Kühlschrank gestopft und dort drin sterben lassen.«

Emma war schockiert. »Das muss gewesen sein, kurz nachdem ich zu Hendrik in den Wagen gestiegen bin. Was, wenn ich was vergessen hätte? Ich hätte in die Küche stolpern und ihn auf frischer Tat ertappen können.«

Müller seufzte. »Die beiden sind absolut blind für alles, was nicht sie selbst angeht. Er hatte anscheinend nicht geplant, ihn ausgerechnet an diesem Abend zu töten, war aber vorbereitet. Justin hat einfach gehandelt, ohne über die Konsequenzen nachzudenken.«

»So blöd es klingen mag«, sagte Emma kauend, »eine gute Sache hat das Ganze.«

»Ach ja?«

Emma lächelte.

»Das Fernsehteam hat's trotzdem irgendwie geschafft, meinen Laden berühmt zu machen.«

Danksagung

Dieses Buch wäre ohne die Unterstützung der folgenden Menschen nicht entstanden: Danke an meine Eltern, die dafür gesorgt haben, dass ich ein Dach über dem Kopf hatte, während ich dieses Buch geschrieben habe. Danke an meinen kleinen Bruder, der mir hin und wieder ein großes Vorbild ist.

Danke auch an den Rest meiner Familie (ihr wisst, wer ihr seid – blutsverwandt oder nicht), die mich tagtäglich unterstützt.

Einen besonderen Dank möchte ich an Stefanie Mußnig aussprechen, die viele Fragen über sich ergehen ließ und ihr Fachwissen mit mir geteilt hat.

Darüber hinaus möchte ich mich bei Stefanie Rahnfeld und dem Emons-Team bedanken, die mich im Frühling 2016 für einen Tag zur glücklichsten Frau der Welt gemacht haben. Außerdem gilt mein Dank Marit Obsen, die meinem Buch einen phantastischen Feinschliff mit dem Vorschlaghammer verpasst und mir viel beigebracht hat.

Danke an alle meine Freunde, Leserinnen und Leser, die dieses Buch in die Hand genommen und bis zu diesen Zeilen durchgehalten haben.

Mehr von mir gibt es auf meiner Website:
www.sonjabirgmann.com